情人眼

修订本

王鼎钧

作品系列

图书在版编目（CIP）数据

情人眼／王鼎钧著. —修订本. —北京：
生活 · 读书 · 新知三联书店，2022.9
（王鼎钧作品系列）
ISBN 978－7－108－07359－4

Ⅰ. ①情… Ⅱ. ①王… Ⅲ. ①散文集－中国－当代
Ⅳ. ① I267

中国版本图书馆 CIP 数据核字（2022）第 011549 号

责任编辑 饶淑荣
装帧设计 康 健
责任校对 曹忠苓
责任印制 宋 家
出版发行 生活 · 讀書 · 新知 三联书店
（北京市东城区美术馆东街 22 号 100010）
网 址 www.sdxjpc.com
图 字 01-2017-7559
经 销 新华书店
印 刷 河北松源印刷有限公司
版 次 2022 年 9 月北京第 1 版
2022 年 9 月北京第 1 次印刷
开 本 787 毫米 × 1092 毫米 1/32 印张 9.5
字 数 120 千字
印 数 0.001－6.000 册
定 价 49.00 元
（印装查询：01064002715；邮购查询：01084010542）

目录

旧梦（代序）　001

辑一

今年的蝶来寻去年的花

渭城曲：古典诗变奏之一　002

逢入京使：古典诗变奏之二　005

嫦娥：古典诗变奏之三　008

山行：古典诗变奏之四　011

闻山中步虚声：古典诗变奏之五　014

游子吟：古典诗变奏之六　017

约客：古典诗变奏之七　021

三衢道中：古典诗变奏之八　025

观书有感：古典诗变奏之九　028

泊秦淮：古典诗变奏之十　032

闺怨：古典诗变奏之

十一 034
送春：古典诗变奏之十二 037
创世外记之一 040
创世外记之二 042
吴刚造林 044
复活疑案 048
夏羿射月 051
渔人说谎 055
割席记 059

辑二

给维纳斯的眼睛添上瞳孔

餐馆大学——海外人物速写之一 062
敲瓶为誓——海外人物速写之二 066
双重国籍——海外人物速写之三 070
垂柳下——海外人物速写之四 073
不重生男重生女——海外人物速写之五 078
某教授得子——海外人物速写之六 081
还乡旧梦今记——海外人物速写之七 085
不知今世是何世——海外人物速写之八 090
一个主婚人如是说——海外人物速写之九 094
那树 098
《武家坡》 104
洗手 108
胜利的代价 116
最美和最丑 125

网中 134
与我同囚 139
兴亡 144
邂逅 150
旧曲 155
苹果坠地时 159

辑三

情人眼里沙子变星星

小而美 164
水族启示录 166
牙疼时想到的 168
写诗的理由 172
另外“十句话” 174
石破天惊 180
伟人谜 182
压力 185
向绿芽道歉 188
有诗 191
现代文章 192
眉批选抄 196
红了再红 199
爱儿子、疼女儿 201
爱恨 204
茶与心情 206
偶然落笔 209
惊梦 213
童年 217
当路游丝 220
遗忘 224

辑四

人若有情天不老

一家之主 228
九条命 230
几尺纸 232

三世猫虎 234
小白鲨 236
井蛙哪里来 238
水做的男人 240
风·蝴蝶 242
世缘茫茫天苍苍 244
四月的听觉 247
华苑清风 249
夸父骨肉 252
有一种艺术家 254
自然 260
闰中秋华苑看月 266
夜夜心 271
河堤的历史 273
看插花 275
面具人间 279
谁来造桥 281
善泳者 283
最高之处 285
释放 287
微史 289
落日 291

旧梦（代序）

二十多岁的人，认为自己什么大事都做得成，若要写几本后世欣赏感激的大著，料也不难。

数说历史上那些伟大的名字，他们也只是脑袋上七个窟窿，手掌上十支短棒。他们的作品，每一个字我们都认得，每一句话我们都懂，每一件事我们都经验过或想象得出。做得跟他们一样，有什么不可能 ？

据说，文学家肩上的那个看似与常人无异的脑袋里，有一种特殊的质料，叫作天才。我们有没有呢？不知道。不过，二十岁的小伙子，自觉与上帝距离很近，仿佛上帝刚刚将他们用心装备一番打发到地上来，天才如果这么要紧，上帝不会不给我们。

除了天才，听说还有方法……你说什么？谁说的？文学创作有方法，难道这是木匠做桌子吗？是理发师剃头吗？玫瑰是用一套方法开出花朵的吗？瀑布是用一套方法画出线条来的吗？萧伯纳说写作的方法只是“由左到右”，英文打字的顺序。老萧万岁！

我们二十世纪五十年代的人物，目睹过一个世界的破碎，一种文化的幻灭，痛哭过那么多的长夜，这只手还不是产生名著的手吗？无疑地，这身体，从头顶到脚底，每一寸都是作品！

偶然地，我们聚合在一起，庄严而且响亮地互相宣布各人的宏愿。其后，不断交换、报告各人的进度和成就。在这种场合，空气够忙碌的，它们无休止地震动着，去传达有关人生的各种壮语，有关当代作家的臧否，文学上像麦芒一般的细枝末节的争辩，以及雄图大志之重申。

真的，像天才一样，每个人的工作方式都不相同。有的人想呀，想呀，每一夜都想好一个长篇，第二天阳光一照，长篇随着黑暗跑了。有的人东奔西跑，调档案，借参考书，征求旧报，皮鞋磨破一双，皮鞋磨破两双，资料箱还是填不满，因为早先搜集的东西又不合用了。有的人写呀，写呀，也发表，也出版，起初有人叫好，可是日子一久，叫好的声音便沉落了。有的人家累重，挣钱忙，动笔的日子永远定在明年，可是这个人忽然化成一罐灰、一抔土，化成亲友的一眶泪，几声叹，在世界上永远消失。

慢慢地，我们明白，谁也不是金刚不坏之身，谁也不是天之骄子。上帝随便抓了几把土，这就是我们。才能不能满足志愿，志愿不能改变命运，这也是我们。我们离上帝是那么遥远，不但伸手触不到他，举目看不到他，侧耳也听不到他，甚至想象力都想不到他。他也绝未想到在地上爬行的我们，一定的。

以后的迹象似乎是，每个人都沉默了、冷淡了，共同的理想既已丧失，友情也疏远了。

多年后难得相聚一堂，难得由一位风雅的女主人，故意在这群人相识十周年时安排一次大团圆。凭着旧梦的潜力，这些人都到了，彼此不知有多少话要说，又好像并没有什么可说，只是你望我的眼角，我望你的眼角，看眼角是否有了皱纹；你望我的头顶，我望你的头顶，看头上是否添了白发……你有几部作品？六部。你呢？四部。一部作品是指一个孩子。

嫩笋肥美，新茶清香，乡愁如缕，物价可忧。终席未再听到历史上那些伟大的名字，未再听到歆羡或抨击那些名字，未再听到要追踪或超过那些名字。每个人可能只剩有一撮旧梦，隐藏在记忆深处，然而谁也不愿去想起它，纵然想起了，也混沌如梦中之梦，一若情人之眼，眼前世界总是那么着实而又那么虚幻。

辑一

今年的蝶
来寻去年的花

渭城曲：古典诗变奏之一

渭城曲

王维

渭城朝雨浥轻尘，客舍青青柳色新。

劝君更尽一杯酒，西出阳关无故人。

连日春风把柳枝染绿，拉长，早晨一阵细雨把高原的尘土压下去，这样的好气候好景色，旅行的人也要多住几天，你却要开始远行。

我们来送你一程，心里想的却是挽留。你看这一丝一丝的雨水，滴进一粒一粒的尘土，长出一棵一棵的禾苗，做成一粥一饭。你看这些人，和你同饮一口井里的水，同吃一块田地里长出来的庄稼，几乎是同时长出这一身结实的肌肉，你看我，我看你，亲切、顺眼。我们端起酒杯，真心希望你喝下这杯酒以后，突然决定卸下行装，说一句“我不走了”。

出门一步，条条大路。你沿着这条路走下去，有老人，没有你的父母；有炊烟，没有你的食物；有学校，没有你的同学；有教堂，没有你的菩萨。来，端起酒杯，再敬你一杯酒，问你在路的那一头，你得劳心劳力，花多少时间，把那些人变成朋友？在那遥远的地方，你真能把沙漠变成沃土？飞花落絮，飘零无根，你为何去受那样的苦？嫁出去的女孩泼出去的水，走出去的男儿灌下去的酒！来，喝下这杯酒，回心转意不要走。

一直揣想你为何舍弃这里的绿柳桃红，细雨轻尘。身上有脚，门外有路，路上有辙，风里有花粉，天上有太阳，日落的地方有鸡声茅店。想到鞋子，千里之行，始于足下，在家靠屋顶，出门靠鞋子。你需要鞋子，在河川一样的道路上，独木舟一样的鞋子。这里有几双鞋子，家乡人送你的鞋子，看着你长大的人，和你一同长大的人，用眼光量你的脚，用手心贴着你的脚心，一针一线缝起来的鞋子。无论你走多远，这几双鞋在你身边张着口，说你的乡音。

有人说，送人礼物，不要送鞋，鞋子造成离散。非也，鞋子只是在离散时保护你的脚。好好保护你的脚，脚在，故乡就在。不管走多远，别忘了写封信，带句话，做个梦。总要回来看看，家乡的井水都是你的茶，家乡的五谷都是你的饭，家乡的山丘是你的枕头，家乡的河流是你的血管，家乡的日月是你的钟表。

你要走很远的路，以不同的环境、不同的身份、不同的心情，穿各式各样的鞋子。没人知道世上一共有多少种鞋子，你会有很多鞋子：穿破了的鞋子，穿厌了的鞋子，变了形不合脚的鞋子，受消费的欲望支配买来不穿的鞋子。你在休闲时工作时运动时赴宴时穿不同的鞋子，你在冬天夏天热带温带穿不同的鞋子，你在落后地区和高度开发的地区穿不同的鞋子。有一天你回来，脚上穿着今天送给你的鞋子，这双鞋认得回家的路。

好吧，劝君更尽一杯酒，大风大雨一抖擞！

逢入京使：古典诗变奏之二

逢入京使

岑参

故园东望路漫漫，双袖龙钟泪不干。

马上相逢无纸笔，凭君传语报平安。

条条大路通长安，条条大路也都可以离开长安，看你朝哪个方向。出了门才知道路长，走到尽头才知道长安远。人才集散，往东走的人多，深入中原，一转弯东南鱼米锦绣。往西走，步步离开繁华，步步离开核心，离开舒适的生活、优雅的社交，和在其上的天恩。

东行无路，我决心西行。西行这条路比较坎坷，走进平沙莽莽黄入天的边塞，走进狐裘不暖锦衾薄的气候，脚下是战场白骨缠草根，住在有兽皮腥气的帐篷里。这样的拓荒者，班超做过，马援做过，我为什么一定要苦等收成田边拾穗？上路的时候，家里的人一直担心，水土不服，饮食不调，风俗习惯不适应，还有，战争的威胁。我得想尽办法不断告诉他们，我很平安。

没想到在这条路上忽然碰见你，你也是由长安西来的人，比我幸运，现在奉命到长安公干。我离开长安也是这条路，你回去长安也是这条路，我们都骑在马上，交臂而行，勒马相遇。你看我们的来时路多么长，这一头的太阳也照不到那一头的长安。今天有幸相逢，你是我家的天使、我家的福星，可以替我带一封家信。我们都骑马难下，也没有地方可以找到文房四宝，只有拜托您口传一句话给我的家人：他很平安！我的天使、我的福星，这句话你务必传到！

只要平安！他们别的不要。只要告诉他们平安，别的都不必说。你看，我很平安，骑在马上奔波，腰杆儿很挺，还可以顾盼自雄。你看，风中有些尘土，不碍我眉毛胡子神采飞扬，风大，我讲话中气足，你一个字一个字听得清楚。至于工作嘛，只要听见平安二字，家里的人就知道很顺利，有成绩。我们是盛唐，天威在，士气在，四边伐鼓雪海涌，三军大呼阴山动。你我西行出塞，凭的是真本事，功名只向马上取，不像长安，可以凭朋党，凭门阀，凭皇亲国戚、父祖余荫。怎么会没有成绩！

平安，平安，我这里抱拳一揖。平安，平安，你说这两个字我一定带到，有担当，有侠义之气。不知怎么，听见你这句话，我的眼泪一大串一大串往下流，睫毛挡不住，衣袖擦不干。平安，平安，出了门才知道不平安的事情真多。平安，平安，中国人想这两个字想疯了，燃烧竹竿，听竹竿气爆，砰！爆就是“报”，竹报平安。分手吧，祝你早到驿站，一天平安，早到长安，一路平安。千言万语都可以说，千万别说我流泪。

嫦娥：古典诗变奏之三

嫦娥

李商隐

云母屏风烛影深，长河渐落晓星沉。
嫦娥应悔偷灵药，碧海青天夜夜心。

大前提，你得承认月宫里的确有嫦娥，否则你别跟中国人谈这个话题。一九六九年，航天员阿姆斯特朗登上月球，有人问他月球上可有人踪，他说他看见一个中国大姑娘抱着一只兔子。凭这一句话，他成了中国人的好朋友。

众所周知，嫦娥的丈夫在部落为王，从王母娘娘那里求得长生不老的仙药，嫦娥悄悄地偷来吃了，白昼飞升，脱离尘寰，成为月宫的主人。

青天是海洋，月亮是孤舟，六合茫茫，无拘无束，只是这样自由的日子又如何打发呢？凡夫俗子都需要彼此的体温，彼此呼出来的碳酸气。如何可以这样伤心地冷、销魂地清？夜色烛光都是那么虚无，好容易蜡炬成灰，曙光又以挑战的姿态逼近，有情的众生醒来了，开始一天的生活，嫦娥，一个没有生活的人，又教她如何回应呢？

月宫的大门整天紧闭，大门里头还有门，门里头还有门，门里门外不见人，庭院深深，最后是寝门，寝门里头还有屏风，屏风后面只有她一个人，层层遮掩种种隔阻都是为了她一个人，为了使月宫更冷，使她更孤独。据说月球上还有一个仙人，名叫吴刚，他整天用斧头砍宫外荒野的桂树，嫦娥也从没有听见他的伐桂之声。她能在月球上建筑宫殿，不能创造一群宫女。她提升了自己的高度，不能改变大气的温度。阿姆斯特朗一句话，一个中国大姑娘，抱着一只兔子，这句话传遍天下，全世界的报纸都请漫画家画了插图，嫦娥一举成名。事实上，野兔可以变成家兔，不能变成宠物。

嫦娥借着药力成仙，就像麻醉昏睡，药力消失以后，她的凡心会醒过来。她不知道会发生什么样的后果，她从来没有准备接受这样的后果，所以，偷灵药可能是一个错误。她心中没有神仙的快乐，只有凡人的后悔，这里面有对她的惩罚。如果她没有做小偷，如果仍然是她的丈夫吃下灵药，又会怎样呢？预期的效果是长生不老，永远统治他的部落，这里面有对她的性别歧视。

后悔是流体饮料，含在嘴里没有味觉，通过食道是苦的，进了胃囊是酸的，存在大肠里结成硬块。喝这种“后悔汤”会上瘾，一杯又一杯，一天又一天，像酗酒，沉溺难以自拔，肠里的硬块也越结越大，致命伤外表看不出来，只是消沉消瘦，消解人事关系，慢慢没有了消息。听说有一种药可以溶解硬块，起死回生，但是没人知道到哪里去买。

一个人，仓促做出重大的决定，而且不能改变，他最后多半会后悔。月球，我们没到过，地球上却有千千万万个嫦娥。

山行：古典诗变奏之四

山行

杜牧

远上寒山石径斜，白云生处有人家。

停车坐爱枫林晚，霜叶红于二月花。

秋天，郊外，傍晚，坐着马车出游，天广地阔，马的脚步轻快，车轮无声，好像自动旋转一样。我的前生是鸟，现在飞上天空；我的来生是鱼，现在游进大海。享受吧，从办公室的压力下走出来，从书房的压力下走出来，纵横投射没有障碍的视野，吞吐微风中清凉的甘甜。

可是，我说，停车。

停车，因为我突然发觉山上的枫林红了，山像屏风一样把平面竖立起来，让我看那层层叠叠的红、深深浅浅的红。浮云散开，夕阳斜照过来，为枫林添彩，红得很成熟。

秋山气温降低，夜间白露为霜，草枯了，树枝秃了，夕阳斜照过来，山上凸起来的部分明显，凹下去的部分暗淡，做了这一片灿烂秋花的背景。由山脚到山中，人工用一片一片白石板，铺成一条歪歪斜斜层层叠叠的小径，通往枫林之中，小径和自然充分妥协，成为山景的一部分。穿过枫林，有一个小小的山村，他们为了坚固和舒适，盖的房子就丑陋了，这等地方，总会有白云环绕，遮蔽败笔，上面浮着几片屋顶。

我幻想自己如何沿着这条石径走上去，走近那个通红的魔窟，里面只有精灵，只有熟透了的红叶落下来，很慢很慢，衣袂飘飘，在空中变换舞姿，比蝴蝶好看。蝴蝶有危机感，有假想敌，总是有那么多徒劳无功的躲闪，不给我们审美时需要的从容。

虽说是红叶，其实也有紫有褐有黄，主要的还是红，生命中最珍贵的颜色，上天一直珍惜使用，不知为什么忽然毫无节制地泼洒倾泻，把山染成一块半透明的红玉。红得如此奢侈、如此霸道，使人惴惴不安。天下太平，不过是风景罢了，不见刀兵，只有锦绣。夕阳有限，也许夜来风雨，大美只有瞬间。所以我说停车！这是今天的游程的终点，直到黄昏。

霜叶红于二月花，并非红似二月花，它不是春花的一个副本、一个随从。它在某一点上胜过春花。春花的万紫千红，是合唱；秋花的万紫千红，是呼喊。春花的万紫千红，是炫耀；秋花的万紫千红，是奋斗。春花的万紫千红，是化妆；秋花的万紫千红，是面具。春花的万紫千红，是诗歌；秋花的万紫千红，是戏剧。

闻山中步虚声：古典诗变奏之五

闻山中步虚声

施肩吾

何人步虚南峰顶？鹤唳九天霜月冷。

仙词偶逐东风来，误飘数声落尘境。

诗人说，我相信有神仙，空山是大自然给神仙留下空间，我走进去体验仙凡之别。最好是秋天，有一点寒意，神仙不流汗。夜间，没人看见我，我也看不见别人，神仙不喜欢摩肩接踵。月光朦胧，神仙的面纱，我的神秘感。还有，绝对安静，人造的声音都是对神仙的亵渎。

静，除了静，还是静。人是制造声音的动物。秋天，声音比夏天少；夜间，声音比白昼少；深山，声音又比平地少。还有，修道的心清微淡远，隔音的效果比一般人好。俗话说，针尖落地的声音也听得见，在山中，游丝飘过也听得见，蚯蚓翻身也听得见，欲念萌发也听得见。但是这里没有游丝、没有蚯蚓，也没有七情六欲，连这些声音也没有。今夜心中，第一画，伏羲未画；第一斧，盘古未劈；第一个玩偶，上帝未造。只有静，绝对的静。

没有声音就用不着耳朵了？不然，最响亮的声音，在没有声音的地方才可以听到。世界没有声音，你才需要耳朵，世界有声音，你最好没耳朵。“空山不见人，但闻人语响”，因为静，人声特别响亮，这个“响”字也特别响亮。这个“响”字不是给人家看的，是给人家听的。有些字，柳、雨、中、尖，给人看；有些字，鼓、刮、溅、砰，给人听；有些字，囡、幽、困、氓，给人想。诗人月夜入空山，作诗选韵，不押平声押上声，上声如乐器中的笛、武器中的箭、植物中的白杨。诗人把上声的强音释放出来，顶、冷、境，还有里、耳、好、老，字特别响，山也特别静。

对了，上声字也如鸟中的鹤。也是无巧不成诗，这时一鹤飞过，高空长鸣，清虚之气，沛乎苍冥。世上没有类似的声音可以比喻，世上也没有同音词可以状声，只能说，此声只应天上有，人间哪得几回闻。没人说鹤在他家里叫，它在天上叫，叫给神仙听，空山吸引东风，报之以余音回荡。这一声叫非同小可，秋月更白，秋露更冷，秋山更静，秋心更空。听见这一声叫，人的五脏六腑干干净净，刹那之间，自信也能御风而行。

常言道：什么人玩什么鸟，武大郎有猫头鹰，庄子有鹏，成吉思汗有雕，林黛玉有鹦鹉，八旗子弟有画眉。苏东坡有鹤，秋夜，江上，静，表示他道家多于佛家。鹤是神仙的宠物、帝王的家禽，蓬门荜户养鸡养鸭，最多养鹅，鹅是鹤的模仿者，画虎不成。这天晚上，诗人明知是鹤，不信是鹤，他说，你看，说神仙，神仙就到，从我们的山峰凌虚漫步，吟诵词章。

游子吟：古典诗变奏之六

游子吟

孟郊

慈母手中线，游子身上衣。

临行密密缝，意恐迟迟归。

谁言寸草心，报得三春晖。

那条线，千丝万缕说不完。

那条右手摇着纺车，左手捻着棉絮，纺出来的一条线。

很长很长的线，像毛笔画成，像春水流过，像炊烟升起，粗细不很均匀，有点弹性，带着温暖。

孟郊写这首诗的时候，中国本土还没有棉花，他的线是缝衣服用的丝线。隔了一个朝代以后，读这首诗的人，心里想的是棉线了，棉线出现，这首诗就更动人、更有名了。

每一家都有一个母亲，每一个母亲都放弃休息，缩短睡眠，透支体力，拉长那根线。这家的孩子，从床上醒来，从学校里回来，总会看见昏黄的灯光下，那根线在延长、延长。

正是这根线，放在手工织布的机器上，纵的叫经，横的叫纬。母亲坐到织布机上，手足并用，“哗啦”一声，纬线穿过纵线，纵线把它夹起来，然后“嘭”的一声，织布机的压力把纵线横线黏合在一起。这家的孩子，从床上醒来，从学校里回来，捉迷藏躲起来的时候，总会听见这“哗啦”一声，紧接着“嘭”的一响，这声音总是在反复、反复。

就这样，纵线横线不断黏合，有了宽度，叫作布。

一寸宽的布，需要多少条横线呢？古人把一百颗黍米排到起来，量出长度，称为一寸。一根棉线压缩之后，它所占的空间，大约和两颗黍米相近。织一寸布，要织布机“嘭嘭”五十次。织一丈布，要织布机“嘭嘭”五百次。

那么，工作的时间呢？织布机由这一声“嘭”到那一声“嘭”，需要一呼吸的时间，这一呼吸，需要四秒钟。织布机响五百次，乘以四秒，等于两千秒，三百多分钟，合五个半小时。如果中间不停顿、不休息，织一丈布需要五个半小时。

说来说去还是那根线，这一丈布需要多长的线呢？在手工织布机上，布的宽度是二尺二寸，也就是说，这“嘭”的一声，需要用棉线二尺二寸，如此这般，织一丈布，要棉线一万一千尺长。

我的天！这位母亲，要先纺出一万一千尺长的棉线，再坐在织布机上操作五百次，她的子女才有衣服可穿。

一丈布又怎么够用！

不说那匹布，还是说那根线，线代表委婉、体贴、敏感和绵绵不断。这么长的线，都要经过母亲的手，每一寸都要流过她左手的食指，滴水穿石，在她的手指肚上留下一道伤痕，像利刃割过，永不痊愈。她下厨房的时候，要翘起左手的食指，用九根手指工作。

布，还得经过剪裁和缝制，缝制，需要的还是线，还是要母亲一针一线工作很长的时间。买来的衣服，一年之内纽扣会脱落，两年之内口袋会穿洞，三年之内衣领要分家，他们为了节省线，也节省精神力气，总是在要紧的地方少缝了几针。

母亲的针脚细密整齐，松紧到位，人家缝两行的地方她缝三行四行。她准备你在外面不能回来，很久很久也不能回来，所以把衣服做得这么结实，让你在外面穿上去省心，她在做衣服的时候又默默地祈求上苍，但愿你能早些回来，缝一声祷告一遍。谁也不知道她在这样的矛盾之中如何求得平衡。

总而言之就是这条线，慈母手中线，天下游子无法报答的恩典，就像地上的小草无法报答三春的阳光。

约客：古典诗变奏之七

约客

赵师秀

黄梅时节家家雨，青草池塘处处蛙。

有约不来过夜半，闲敲棋子落灯花。

他说，今天晚上，他到我这里来吃一碗素面。

想起来了，今天是他的生日，每年生日这天他都吃素，这天他婉谢一切酬酢。

来吃素面，算是来避寿了，他有这个想法，我高兴。

从昨天起，我吩咐厨房不烹鱼炒肉，不使用辣椒大蒜，让厨房的空气干干净净。

除了面，应该还有几样小菜，我郑重参考了食谱。

黄梅季节，这一带整天下雨，人烦恼，青蛙高兴，大声合唱赞美诗。这一带，农夫挖了许多池塘，储水灌溉，立刻成了青蛙的家乡，这个族群不肯安安静静过日子，有事没事大喊小叫，先是一只一只接着叫，然后整个池塘一齐叫，然后一个池塘一个池塘接着叫，好像无形中有个指挥。

由它吧，等他来了，我们就能换一个世界。

可是他没来。

没什么，他说过，如果他不来吃面，一定是临时有什么事情绊住了，饭后，他会来喝茶下棋。

什么事情绊住了他？那样潇洒的一个人。

面凉了，想起他不吃烫嘴的热面，温度高，妨碍口腔健康。他懂得爱惜，爱惜自己也爱惜朋友。连梅雨也爱惜，他说水变成雨也要经过一番修行，不容易。连青蛙也爱惜，他说一群不懂事的孩子在喧闹，也是天地间的生气。

好吧，泡好茶，摆上棋盘。

他说，这副棋子，这张棋盘，都有来历，哪里的石头，哪里的木头，哪里的工匠，都有名声。棋子，你用食指和中指夹起来，选好位置，放下，有训练，这种姿势也是文化。落子的时候有声音,用这一副棋，落子的声音不同，这种声音也是文化。

那就等着看他的食指和中指，听他落子。

可是，他也没来喝茶下棋。

他也说过，如果他连喝茶下棋也错过了，那一定是万不得已，但是，他最后还是要来，把他准备送给我的礼物带来。他说，马车停在门外，他下车站在门口，不进屋子了，授受之后，一揖而别。

可是这最后的承诺也没能兑现，他终于没有来。

到底发生了什么事情，我不知道，只知道青蛙沉默了，梅雨断流了。常言道：雨夜如墨，今夜还要再加上一点黑。锣鼓卸妆了，管弦散场了，今天的生活结束了，灯芯草结了一朵很大的花。

我去朝棋盘上摆棋子，摆一个白子再摆一个黑子，好像两人对弈。无意识的动作，只要棋盘上有子，只要落子时有声。

下棋落子，有时需要仔细思考，思考很久，这时，手指捏着一枚棋子，轻轻敲着桌面，非常好听。也是无意识的动作，为了屋子里有那声音。

桌面轻轻震动，灯花落下来，我吃了一惊。

三衢道中：古典诗变奏之八

三衢道中

曾幾

梅子黄时日日晴，小溪泛尽却山行。

绿荫不减来时路，添得黄鹂四五声。

你要我把黄鹂和绿荫两个要素组成诗？黄鹂、绿荫，结合起来，你得有一棵树，乔木，多叶，而且在夏天。这样一棵树并不难找，虽说滥伐没有节制，飞禽还是不愁没有家。

黄鹂是像婴儿一样娇嫩的鸟儿，全身没有一粒风尘。为了诗，柳树垂下柔软的枝条，密密如帘，掩护她的襁褓。我没见过黄鹂在地上行走，也没看见她站在光秃的高枝上顾盼，为了诗，她拨开柳帘，探出上身，唱一首歌。柳帘的一片深绿衬托她的嫩黄，她一身的嫩黄又衬托着红色的长喙，黑色的眼睛，那画面，只要见过，不会忘记，她不是为了画，她是为了诗。

为了诗，不能只有一棵树，得有一行树，这样才有一行浓荫，一条绿色的走廊。成行的柳树多半栽在河边，为了诗，不需要河，需要一条路，有了路，诗人才可以出游。条条柳枝都沾满离情别意，黄鹂的歌声一出，那些都成了陈腔滥调。柳浪闻莺，清雅轻快，牵牛花、杜鹃花、夹竹桃、野蔷薇，也都开了，四时行焉，宇宙还很年轻。

绿柳成荫，黄鹂安家，这时是初夏。初夏，梅子熟时，老天总是下雨，梅雨就是霉雨，人的精神在泥沼里挣扎，没有太阳也就没有浓荫，黄鹂深藏在密叶里，没有歌声。雨把人重新分类，路上来来去去有几个行人，没有游人。

诗人说，这不行，太委屈我们的黄鹂，太辜负上天的五月。诗人说我要晴，于是天天放晴，晴字一出，我们看见光芒，听见干燥的响声。晴！释放诗情，雨后的日光更热烈，柳荫也更清凉。为了诗，这条路上不可以有将军驰马，愤青飙车，小贩拉着你的衣袖推销土产。甚至，为了诗，雨后乍晴的第一天上午，诗人走过去的时候，黄鹂也默默无声，下午，诗人走回来的时候，她才忽然放开歌喉，她给诗人一个惊喜，诗人给诗一个高潮。

诗把世事的残缺补足了，把人生的残破修补了，从紊乱中调理秩序，诗人呼风唤雨，妙造自然。无憾的美感只在刹那之间，纵然诗是神咒，也不能月常圆花常好，黄鹂这样惹人怜爱的小鸟，数目年年减少，环保大限首先向你我心脏最柔软的地方进袭。诗需要她们，不能保护她们，我们看见诗的虚实。黄鹂一旦剔除出局，杜鹃花还能维持多久？诗人说，那不是我的事，诗只有七言四句，已经作成。

观书有感：古典诗变奏之九

观书有感

朱熹

半亩方塘一鉴开，天光云影共徘徊。

问渠那得清如许，为有源头活水来。

不知为什么，每次读这首诗，我心里想的都是那个湖，也许，我一眼看见那湖的时候，觉得它很像一面镜子。世上没有这样大的镜子，因为没有这么高大的人，只有那么高大的山。湖就在山坡下面，山又从不低下头来看。若说它是老天爷的镜子，那又太小。

那里为什么有一个湖呢，因为四面环山，老天下雨，立体的山承受大量雨水，水流下来，要有个容器，正好，山环抱一片草原，草原中间有一个大坑。怎么会有这么大这么深的坑？谁来挖掘？这需要一个神话，我很想创造这个神话。

别人创造的神话打乱了我的思维。

有人说湖是天眼，也有人说海是天眼，还有人说月亮太阳都是天眼。其实各人头上这块天就是天的一只眼，万古不打盹儿。可是人不放心，总觉得天没看见，到处替老天装监视器，连摄影机的镜头都算上。那年代，街头巷尾常听见埋怨老天不睁眼，我看人是急了。

那天来到湖边，想到一句俗语，一张纸画了个鼻子，好大的脸。这湖也是一张纸画了一只眼睛，脸真的不小。找到一个位置，水中看自己的脸，暗祝一句：老天，看我！一点也没有面对面的感觉，绕到湖的另一边，心中又想：老天，看我！即使留个四分之一秒的残象也好，没感觉到他的眼神。想起海中许多鱼昼夜睁大眼睛，不能睡觉，怪难过的，做天也不容易。

我来看天眼，只见云影山色，惊鸿照影，它仍然是一面镜子。镜中看天，天无色、无臭、无私，因为无私，所以无情。天并不站在你这一边，天也不站在任何人的一边，大海不洗冤，只是沉冤，伤心哉，屈原跑到水边问天。这个湖，一向藏在四山合抱之中，不在交通要道，也还没成为风景名胜，水中没有行人泪，水底没有走上绝路的尸骨，隐士来到水边可以寻找自我，圣贤来到水边可以保持光明洁净的初心。

我喜欢湖，湖比山亲切，有诗意。湖中看山，山变成平面上的色彩线条了，有画意，第一个发明绘画技术的人，也许是在湖边恍然大悟。当时是夏天，湖中的山林真个翠绿欲滴，想象秋天满山红叶，满湖霞彩；想象冬天冰封雪飘，只见地上一块无瑕的玉石。当时是晴天，想象风雨动静、明暗变化，一湖变千湖。当时是白昼，想象夜间湖中有月，俨然宇宙初造。想象它春天娇美，夏天慵懒，秋天冷静，冬天孤傲。有一个湖，你就有这么多思绪，多到你没法离开，这才了解爱湖的人为什么住在湖边。

也终于了解，这就是天。

泊秦淮：古典诗变奏之十

泊秦淮

杜牧

烟笼寒水月笼沙，夜泊秦淮近酒家。

商女不知亡国恨，隔江犹唱后庭花。

朦胧的江水，朦胧的月色，我的孤舟驶进朦胧的历史。

十一个王朝都朦胧了，唯有岸上的酒家，门前那一排大红灯笼，门内一列列的明烛，一直辉煌。

还有，三百年前唱起的那支歌，依然那样甜腻、那样缠绵。三百年前，这支歌加上一些配件，在皇宫里刺穿每一个人的神经细胞，使他们全身瘫软，连前方送来的战报都懒得拆开。国王躲在那个现世今生的极乐世界里，直到铁骑踏破。

王朝的血胤可以断绝，他们灵魂里的病菌却一直繁殖，三百年后，同样的河流，同样的酒家，同样的歌声，同样的配件。同样有些人像鱼一样，啜历史长河的余糟，认为是一大成就。也同样有些人并不知道她的前代、她的祖先留下什么样的符号，她贩卖那符号，当作寻常货物，只是为了求生存。商女！她们自己也是商品。

今夜，我的客船和那纸醉金迷的酒家，只是隔着河水，可是我不说河水，我说江！三百年前，隔着长江，陈后主创作了一套致命的音乐，一种致命的生活方式，三百年后，犹在秦淮对岸发扬光大。多少担当历史重任的人，在这里忘了历史。隔江犹唱后庭花！后之视今，今之视昔，这个“江”字洪亮、沉重，可以比暮鼓晨钟。

闺怨：古典诗变奏之十一

闺怨

王昌龄

闺中少妇不知愁，春日凝妆上翠楼。

忽见陌头杨柳色，悔教夫婿觅封侯。

含着金汤匙出生的女孩，从来没有受过挫折，由少女变少妇，也是像坐滑梯一样，一恍惚溜进芳草地杏花天。

那时，她受的好教育，妻子，尤其是美丽的妻子，莫忘了激励丈夫上进，不要因为儿女私情误了前程。所以，当新婚的丈夫说要从军出塞的时候，她一点也不迟疑，为丈夫准备行装。一身戎装的丈夫，骑在马上的丈夫，那又是怎样的一副英姿？驰骋千里草原，射落天边飞雁，归来天子授勋，百姓称名，偎依在这样一个男人怀里，又是多么令天下女子羡慕？

深宅大院，内外之分很严格，男女仆婢都只能按照职务在规定的范围里活动，丈夫远行之后的家，渐渐回音很响，灰尘很多，绣花针沉重，镜子空虚，她还不知道后悔。每天早晨，她依然用心化妆，那时的女子教育告诉她，女子化妆是对丈夫的礼貌。丈夫远行之后，她化妆之后茫然若失，她还不知道这是后悔。那时候，民间的邮政制度还没有建立，只听说有人从鱼肚子里发现家书，她对餐桌上的鱼有异常的兴趣，又不能说为什么，她还不知道这是后悔。

她不能轻易走出大门。这天，她想起有一件事情可做，她家有一座高楼，登上最高那一层，可以眺望门外的长街。丈夫从军离家的时候，她就是站在高楼上目送征人渐行渐远，想象有朝一日，她也是站在这座高楼上，望着丈夫在前呼后拥中还家。这天她化妆特别用心，一步一步踏着楼梯特别郑重。

高楼够高，长街空空，像一个废弃的隧道，路旁的杨柳依然垂下青青的长条，等人攀折。原来是春天到了！春天是一切离人思妇的催命状，所有离愁别恨的召集令。长街之长，想到天地之大，边塞之远，丈夫的苦乐安危，一时如万箭穿心。这个家也成了废墟，她不过是废墟中逢春抽条的一棵弱柳罢了！她后悔了，当初他想从军出塞，我应该阻止他，用言语阻止，用眼泪阻止，跪下来抱住他的膝盖阻止，趴下去拉着他的衣摆阻止。

然而我竟然没有阻止。

她这才知道什么叫后悔。

送春：古典诗变奏之十二

送春

王令

三月残花落更开，小檐日日燕飞来。

子规夜半犹啼血，不信东风唤不回。

夜静更深，众鸟都睡了，你怎么还在叫。鸟鸣应该唱歌，你怎么呐喊。总是半夜哀声叫唤，用尽气力，诗人担心你喉管破裂，流出鲜血。这样的声音里面必定藏着故事，你的故事是什么，抬头问你，只见残月。

诗人说，他了解你，你发现春天要走，喊她回来。花落了，枝头上再开一批，燕子飞出去了，又飞回来，春去也，应该也可以挽留。只要我们恳切、殷勤，天下没有留不住的客人。

可爱的东风，二十四番花信风，大地恢复了装扮，蜂蝶完成了花粉传播。可爱的东风，吹面不寒杨柳风，大自然可亲可爱，做人果然很幸福。可爱的春天，水村山郭酒旗风，吹醒人群的自信，又订下一年之计。春天，你怎么舍得走？我们又怎么舍得你走？

是这样吗？亲爱的呐喊者，我还没有机会认识你，听说你有二十四个名字，我也不知道怎样称呼你。我们都是有情的众生，都有所不舍，有所不甘，有所不忍。我也觉得东风没有自己的家，与其继续漂泊，何如和你我比邻落户？我们何其盼望六合回春、四季皆春这样的成语能成为现实的描述？谢谢你，为我们共同的心愿，你呐喊了几千年，你从喉管里呕出来的鲜血，早已染红了满山的杜鹃花。

但是，恕我直言，让我们忍住心头那一点痛，几千年了，你也该知道，东风是唤不回的，天下也没有走不掉的客人。造物者慈悲，也给我们创造了夏天，有夏天才有满池荷花，满碗莲子，满盘藕片。也安排了秋天，有秋天才有满仓白米，满桌温饱，满堂欢笑。

也需要冬天，冰封雪飘，杀死害虫，土壤休眠，青山白头储存来年夏天的用水。听！你的表兄弟已经喊着布谷、布谷了，他提醒，我们惜别春天，迎接夏天。

几千年来，我们一起读“万紫千红总是春”，掀过一页，读“红瘦绿肥不见春”，掀过一页，读“红叶半山疑似春”，掀过一页，读“一树梨花不是春”。天下事没完没了，接下去是春风又绿江南岸，春江水暖鸭先知。去时留不住，来时挡不住。天地乐队，去是琴箫，来是锣鼓；人生大餐，去似清茶，来似烈酒；历史合唱，去是细声，来是花腔。恕我直言，子规鸟不要成为机器鸟，上紧发条永远唱一样的歌。

河水不倒流，但是蒸发成云，回到河源，降落成雨。落花不回枝头，但是化作春泥，供给养分，再结新蕾。夕阳欲下几时回，明天的朝阳就是它。人老何曾再少年，但人生代代无穷已。锦江春色来天地，每一次都是新的，也都是旧的。别啼别唤了，春天会再来，但非现在。

创世外记之一

“上帝造人”的说法一再受到挑战，最近有人告诉我，一切“血气之伦”都是自己造成，上帝只提供原料。

让我们想象：在未有万物之前，先有了上帝架设的工作台，台上堆着脂肪和石灰质之类。蚌类灵机一动，为自己造了个坚固的外壳，这个壳给它安全，却也注定了它和它的子孙万代的命运。人造了头颅、四肢和胸腔，把肌肉留在外面，容易受伤，然而它开放、进取、拥抱同类、承受打击，能够组成社会、创造文明。

这样说，或者并不是上帝照自己的形象“拷贝”了人类，而是人“盗用”了上帝的版权。蚌类或许是模仿上帝的保险箱。今天的蚌类或许在埋怨它们的祖先：你这从天国来的，为什么对一切的崇高、完善、优美视而不见，只顾望着那个简单的、笨重的、毫无灵气的工具呢？你为什么不取法乎上呢！

创世外记之二

起初，上帝造人。他造了两个男人，又造了两个女人。

人类的历史从这两对配偶开始。不久，其中一个男人，杀了另一个男人，把另一个女人也据为己有。

这个胜利的男子搜遍乐园，把另一个男子留下的痕迹完全消灭，使后之来者完全看不出还有一个人在这里生活过。他又对两个女子洗脑，使她们把某些事情忘得干干净净。然后，他坐下来写《创世记》，他是上帝所造唯一的男人，是人类的始祖。

两个女子活了八百岁，死了。男子活了九百岁，也死了。他们的后裔布满地上，一代一代读那男子写下的历史，人人坚信上帝造了一个男人、两个女人，那就是人类的起源。

几万年后，人类在乐园的原址上大兴土木，挖出一具化石。学者反复研究它，宣布它是一个男子的骨骼，这个男子生存的年代与始祖同时。

世人哗然，又惊又疑，可是人类早已不能与上帝沟通，无法求解。于是，这副骨骼就成了每个信徒的胆结石。

吴刚造林

神仙永远不死。

因此你不能判神仙死刑。

神仙犯了过失，是“死罪可免，活罪难逃”。生命无尽无休，处罚也就无尽无休，苦楚也就无尽无休。

这，岂不是生不如死？

也不尽然，生命是充满转机的，所以无期徒刑究竟“优于”死刑。

据说，吴刚修仙犯规，受罚在月中伐桂，他一斧砍下去，在树干上砍出伤痕来，待他再扬起巨斧，原先的斧痕早愈合了。桂树永远不倒，吴刚的苦役永远没完。

吴刚到底犯了什么过失呢？神仙的清规戒律稀奇古怪，也许，用三根头发吊着一块岩石，叫吴刚躺在岩石下面修道，每天战战兢兢，唯恐头发断了岩石砸下来。这天天降大雨，石头在上面挡着，雨水淋不到身上，可是，那么大的岩石，那么细的头发，加上那么多的雨水，一块淋漓了的石头总比一块晒干了的石头更重一些吧，一根淋漓了的头发呢，会比一根干燥的头发更坚固吗？凑巧天上又打了个响雷，吴刚再也不能忍受这种不合理的训练，挺身而起。

这就犯了大罪，需要自我救赎。

或许吴刚的灵魂太执着，这是成仙的障碍。他一世为移山的愚公，二世为磨针的老妪，磨炼仍然不够，觉悟仍然不高，必得再做一次伐桂的吴刚，来继续他未做完的功课。

据说月中的桂树有五百丈高。五百丈高的树，它的干有多粗，树顶的圆周有多大，专家可以推算出来。这棵树，据说就是月中的黑影，一世的吴刚移走了王屋山，二世的吴刚磨成了绣花针，这两个难题没难倒他，到第三世，天神想出更厉害的法子来消磨吴刚的刚气，移山磨杵都有成功的一天，伐桂则绝对没有。

桂树是永远无法伐倒的，也就是说，成仙是永远没有希望的。苍白的月中，在阴森的桂树下，他之永生，并非由于位列仙籍，而是因为现身做神仙的反面教材。起初，吴刚并没有想到其间的关联，他以磨杵移山的经验埋头苦干，日夜不息。有一天他忽然若有所悟，刹那间，他顿觉两臂沉重，不能再运斧如飞。

吴刚立刻发现他的地位如何不利，他受的待遇如何不公平。

这时，他做伐木工人已经许多许多年了，他的气质性情果然起了变化，可是他的行为并未符合天神的设计，他绕树而行。他打量这树，他仰脸看蔽天的枝柯，吸浓荫中的清凉，在桂树不开花的时候也满口芬芳。他走到十里以外，看那树按照比例缩小了，虽然依旧是庞然大物，全貌却一览无余。整棵树遮了半天绿色的云。

他从没有认真观看这棵树，这树永生不死。这样好的一棵树，我为何要砍伐它？他恍然觉得他爱上这棵树了。多少年多少年的生死搏斗，相持不下，最后竟产生了惺惺相惜之情。

桂树呀，你是死不了的，我也是；你永远不能离开这片土地，我也不能。那么，我们就在这里一块儿活着吧。

他带着斧头，攀上树顶。那么细的树枝，应该是一斧就可以砍掉的吧。把桂枝插在土中，应该可以长成另一棵桂树。

月中的那大片黑影绝不是一棵树造成的，那是一大片森林。

那是一根一根桂枝繁殖而成的桂林。

第一个登上月球的航天员不是对太空站报告吗，他在树林里迷了路，幸好遇上个白胡子老头儿，正在那儿种树呢。

复活疑案

拉撒路死了！耶稣流下眼泪。第四天，耶稣来到墓前，呼喊一声："拉撒路，你出来！"拉撒路就复活了。

罗马警察逮捕拉撒路，要他交待这四天的行踪。"复活？我们不信。这四天，如果你在天堂，你怎肯回来？如果你在地狱，你又怎么回得来？"

在罗马人眼中，耶稣是危险分子，他对拉撒路关心爱护，准是在培养党羽、吸收死士。拉撒路四天失踪，一定和某种密谋有关。罗马警察连夜追问，拉撒路受刑不过，百口莫辩，也算情急智生，连忙说："这四天，我偷偷地上山掘宝去了。"

掘宝？哪来的宝？是所罗门王的秘藏。你说所罗门有宝藏，就像说杜甫有几首诗没收在全集里似的，听见的人都宁可信其有。警察好兴奋：那你在山上专心替我们挖宝好了！

那是一座大山、深山，山里动植矿俱备，可是并没有宝藏，倒霉的拉撒路一直在山中挖个不停，罗马警察不让他歇手。

现在，他还在挖，天天汗流满面。徒劳无功，天神不许他停。他将来还要一直挖下去。因为他说了谎、犯了戒，要受天罚。

故事像吴刚伐桂，但没有伐桂的诗意。“人事”多半没有神话动听，奇怪的是世上有那么多人反对神话。吴刚到底犯了天条的哪一款，书上没说，读者也不问，天神说他有罪就行了，再问多余，谁也不能做他的律师。拉撒路也是警察说他有罪他就有了罪，究竟有没有罪并不重要，大家关心的是情节发展。天上地下异曲同工。

现在文学流行“颠覆”，把传统古典颠来倒去摆治。“复活疑案”把耶稣的神迹颠覆了。颠覆倒也有根有源，那就是，“复活”在很多人的心中本来可疑，警察代表大家提出怀疑。读者或者作者显然不大喜欢警察，所以故事在借由他们的专业来落实怀疑时，顺便讽刺了他们。办案人本来忠于职守，忽然听到宝藏，也就置拉撒路的嫌疑于一旁了。

故事还有内层纵深。警方轻易转移目标，也透露了秘密：警方对拉撒路涉案也是罗织，审问他没抱太大希望，有枣无枣打一竿，闲着也是闲着，说不定问出意外收获来。果然，问出了黄金珠宝。

故事结尾是神来之笔，当然，灵感来自吴刚。拉撒路挖不出黄金来，挨了打，继续坐牢，俗气。歪打正着，意外挖出黄金来，警察杀他灭口，也俗气。说他直到两千年后还挖个不停，这就跨越时空，把颠覆了的神话忽然又还原为神话，奇突可喜，确实化了腐朽，虽然未必神奇。

最后不忘讽刺，仍然玩一手颠覆，拉撒路受永恒的苦刑，竟是因为在黑暗司法中自卫说谎，于人无害的小谎，作弄了一下贪婪扰民的警察而已，竟好像天理难容，罪与罚完全不成比例，所谓天神，竟似丑角？故事短，层次多，颠倒不已，肯定否定混淆，这就很好。

夏羿射月

据说，“羿请不死之药于西王母”，夏羿是“荒淫无道”的君王，西王母为何要容他长生不死继续荼毒生灵？像许多暴君一样，夏羿罢斥贤良，信任一个名叫寒浞的阴谋家，这人不甘居羿之下，处心积虑取而代之，这不死之药，大概是他聘用方士炼成，西王母云云，也许是他假托的吧？

寒浞既然想篡夺王权，又怎会希望夏羿长生？他要献上来的不死之药，其实是致死之药。可是那方士是个得道的仙人，他从不用他的法术骗人，更不肯用以杀人，他有一个两全的办法，服药的人可以不死，但必须离开地球。

也许这件事的过程还要曲折一些，夏羿悬出重赏征求不死之药，于是国中的革命党人密谋献药……暴君之下总会出现革命党，对吧？

虽然理想不同，彼此的目标一样，革命党和寒浞都想除掉夏羿，如此，羿就势不能久居王位。

但是这却牵出一段美丽的故事。

嫦娥，羿的妻子，是怎样涉入这个事件的呢？一般的说法是，天下人莫不恨羿，嫦娥以做羿的妻子为耻，怎么办呢，逃走吗，何处是她的容身之地？反抗吗，天生弱质怎么敌射日的英雄？自杀吗，岂不闻千古艰难唯一死？

机会终于来了，她偷偷地吞服了下面献上来的灵药，白昼飞升，永远脱离了那个肮脏的政权。

可是别忘了，那药在嫦娥眼中乃是长生不老的仙剂，她绝不知道方士制药的秘密，若要嫦娥偷药，必须她自己追求长生……在她痛恨的国君和她摆脱不掉的丈夫之下长生？这个动机能成立吗？

也许能成立，一只身陷网罗的蛾，也许希望自己可以活到蜘蛛死，网破。

也许嫦娥不求自己长生但求暴君不能长生。东窗事发怎么办？她也许可以使用后来有人使用过的诡辩，她对羿说："大王若是杀死我，岂不证明所谓不死之药是一个骗局？服下不死之药的人怎么可以死？"

也许嫦娥根本不是政治动物，只是一个任性的、好奇的、敢在国王面前撒娇的美女。也许她正愁红颜难以久驻，若是吃下灵药，就可以永远像现在这样动人了，那么国王就不至于移情别恋了，她就不会秋扇见捐了，国王的权力当然不受影响，命令方士再配一剂也就是了。

哪里想到天下立刻大乱：制药的方士，见事机败露，逃走了；寒浞或者革命志士，以为飞升而去的是羿，于是动手攻打皇城……

这时，骁勇善射的羿当然要平乱，可是他箭尖上的第一个目标却是嫦娥，他最不能忍受的乃是嫦娥的叛逃。

他曾经射下九个太阳，再射一个月亮下来轻而易举。

他正要放箭，却不支倒地，有一个和他同样高明的射手，给他来了个猝不及防的暗杀。这人名叫逢蒙，是羿的学生，他尽得羿的真传……逢蒙为什么要杀羿呢?

也许，逢蒙同情革命。

也许，逢蒙为寒浞收买。

也许，逢蒙暗恋嫦娥。

也许正如孟子所说，杀死了羿，他就天下无敌了。

也许这些因素兼而有之。

渔人说谎

晋太元中，武陵人捕鱼为业……

这天，他糊里糊涂闯进一个四面环山的村庄，村中立刻鸡飞狗跳，男女老少纷纷跑过来看他这个陌生人。

他从未见过这么奇怪的村庄，一切人造的东西都和外面不同，居民像是戏里画里的人物，似真似幻。

他说，在居民眼中，他也是个异类，居民显然有些惊慌，又不免好奇。

幸而语言可以相通，经过交谈，彼此知道对方都没有恶意，于是一位老者出面邀渔人到舍中做客。

老者一路不住地打量渔人的下身。老人说，他们的祖先为了逃避秦始皇的暴政，才到这个与外界隔绝的地方定居。老人坐在席上，一再看渔人的腿，几番欲言又止，使渔人忽然局促不安。

终于老者忍不住了，他指指渔人的腿部："老弟，你下身穿的这个……是什么？"

"是裤子呀！"渔人莫名其妙。

"可不可以脱下来让我看看？"

什么？主人叫客人脱裤子，这是哪国的风俗？这裤子是脱不得的呀！

老者一笑："你下身穿的这个……裤子，我觉得很好，我们从来没见过。"

原来这里的人不穿裤子！

老人反复看那条裤子，啧啧称赞，他说，他要叫孙子媳妇约集快手马上赶制，让家里的女人明天就穿起来，然后是男人。

老者说，以后，全村的人都要穿裤子了！

渔人想知道全村究竟有多少人口？老者感伤起来，人口本来很多，前年流行了一场伤寒……

伤寒很要命，有张方子是从汉朝传下来的……

汉朝？你说汉朝？现在不是秦朝是汉朝了吗？

不是秦朝，也不是汉朝，现在是晋朝。

可叹始皇帝“万世一系”的计划也是一场春梦，当初又何苦焚书坑儒偶语弃市，不过改朝换代的时候百姓要遭一次浩劫，感谢祖宗，他们都侥幸躲过了。外面的世界太可怕，他们现在更不喜欢外面的世界，再三叮嘱渔人不要说出他们居住的地方来。

可是渔人哪能忍住不说呢，渔人回家，一路述说他的奇遇，整个武陵传遍了，连南阳的刘子骥都听说了，郡太守也得到了报告。

太守说，普天之下，莫非王土，有这么多人躲着不纳粮，岂有此理！万一有一天他们想造反呢！

刘子骥去见太守：“我派人到那地方去开一家商店专卖裤子，我的人可以做太守的耳目。”

有个落拓士子去见刘子骥：“我在你的店门口摆个摊子说书好不好？专说两汉演义，顺便给你的商店做广告。”

这些人在太守的支持之下组织探险队，由渔人做向导，去寻那一片世外的人间，他们“缘溪行，忽逢桃花林，……林尽水源，便得一山……”

可是入山的孔道却再也找不到了。

渔人急得满头大汗。然后，刘子骥等人也都疲乏不堪，彼此一商量认定大家上了渔人的当，渔人所谓的奇遇，根本是吹牛说谎。

渔人也惶惑不已：我究竟是迷了路，还是做了个梦，还是因课税太重而生的幻想神游？

这事的结局是，渔人在太守那儿挨了五十大板，罪名是造谣生事。

割席记

在管宁的时代（公元一五八至二四一年），室内铺席，没有桌椅。盖房子不注意采光，门里对着天井的地方最明亮。

所以，管宁和他的同学华歆一块儿读书的时候，两人是“席地当户而坐”。

于是发生了这样的故事。

这天天气很好，两人都在低头阅读，忽然一个高大的人影落在他们中间。一个大人物，不但官大，身材也高大，来探望这两个读书人。

华歆看见来了权势显赫的人物，连忙丢下书本，向前一步鞠躬应对，而管宁依然在席上端坐，姿势不变，眼睛也没有离开书。

那大人物和华歆谈话的时候，影子压在管宁的头上，管宁这才起身把席子拉到门右，再坐下去。

华歆送走大人物，回到室内，拿出一把刀来，把两人共坐的席子割成两半。他对管宁说："从今以后，你是你，我是我。"他把席子拉到门左，和管宁保持一段距离。

为什么要这样做呢？华歆在他的日记里是这样写的：

"今天，管宁得罪了不能得罪的大人物。我得让天下人知道，我不是管宁的朋友。否则，大人物必定因讨厌管宁而讨厌我，可能因陷害管宁而连带陷害我。总之，交一个朋友，要先弄清楚谁是他的敌人。"

辑二

给维纳斯的眼睛添上瞳孔

餐馆大学——海外人物速写之一

我家住在江苏乡下，离上海很近，可是我们从来没有到过上海。

也许因为毕竟邻近国际大都会，我的父亲，居然能到纽约谋生。我小学四年级能够把父亲的家书读给祖母听，她老人家很高兴，摸着我的头，勉励我好好读书。父亲常常寄钱回家，祖母吩咐母亲把一部分钱存起来，准备供我念大学。

我高中成绩名列前茅，信心满满。快毕业的时候，父亲来信要我也到纽约来，我回信说我要念大学，父亲说："念大学可以到美国来念，美国的大学办得好。"

父亲替我办好了大学入学的许可，多年储存的学费变成我出国的路费、置装费、护照费、签证费，还有旅行社的手续费。我在地球的这一边踏上飞机，父亲在地球的那一边等着我，他开了一辆很大的汽车。一路上，我对美国的大学生活有很多想象，父亲一句话也没说。

第二天，父亲一大早喊我起床，天上还有残星。我以为他要送我去上课，结果我们进了一家餐馆，父亲把我交给领班，我换上工作服，学习擦桌子、端盘子，绝口不提入学之事。三个月后我到厨房打杂，再过三个月我到柜台记账，看账本的时候我想起数学，看菜单的时候我想起英文，看到厨房的油烟我想起化学，看到狮子头我想起篮球。我想大概是先打工赚学费再入学吧？我没问，父亲也没说。

然后我每天午夜三时起床，跟着父亲到批发市场买鱼买肉买青菜，买菜的学问很大，这一天的盈亏，买菜决定了一半。夜晚打烊了，锅铲碗盘都洗干净了，别人都可以回家，父亲和我关上店门算账，总要过了夜半一时才躺在床上，从月头到月尾，天天如此。我开始想象，父亲能挣得这一间厨房十几张桌子，何等千辛万苦！我也不再忍心提到“大学”两个字了。

一年以后，父亲找到一家较大的餐厅，买下来，把原来的小饭馆卖掉。原来父亲早就积蓄了资本，现在有了得力的可靠的助手，他才敢扩充营业。我体会到我对这家餐厅多么重要，这家餐厅对父亲又是多么重要，我只有一头扎进饮食业，做一个能干的小老板，每天重复着一成不变的工作和生活，不能有任何变化和提升，除了和餐馆营业有关的事情，我一概麻木无觉。不过偶尔有成群的年轻人穿着大学标志的短衫来聚餐，我的心还是会痛一下。

母亲也移民来了，父亲的第二家大餐厅也开张了，我今生和大学再也无缘，如果还有，那就是梦中了。日有所见，夜有所梦，也是活该牵挂，有一天开车走错了路，绕到一个区域，只见四面用铁栏杆围起来，周围四条街有多么长，这块面积就有多么大，里面大片草坪连着大片楼房，草坪上分布着三五成群的男女青年，阳光照得他们鲜亮娇嫩。同车的人指点，这是一座大学，这是我和大学距离最近的一次，我的心又痛了一下。

夜间做了一个梦，我独自来到大学的栏栅之前，草坪空空，大楼隐约有人出入，我在大学四周转了一圈儿，没找到大门。我双手抓住栏杆呼喊，希望里面的人听见了，引我进去参观，我得到的响应却是天空一声霹雳，大雨倾盆而下，闪电耀眼，我两臂发麻，醒了。

现在父亲母亲都退休了，我也四十多岁了，我们又有了新餐馆，比原来那家大两倍，每年暑假都有十几个大学生来打工。父亲对我说：“你现在雇用大学生为你工作，你赚钱比他们多。”

我来到美国之后，父亲终于对我提到大学。

我笑一笑，点点头，不过我的心还是痛了一下。

敲瓶为誓——海外人物速写之二

戒酒？玛丽托你来的吧？你怎么来干这种不得人缘的事！玛丽是个蠢女人，你也蠢？

酒有百害，还用你来劝我？明知有害，偏偏难割难舍，你就应该知道这种事不能劝，劝了也是白劝。

我说的话难听，你没生气，还坐在这里闻我的一身酒臭，可见是个朋友。好吧，爱酒的人最爱朋友，咱们就透透气吧。

我在家乡是订了婚的，小地方，风气保守，订婚的婚约也有终身的约束力。我跟她是手牵手长大的，她头上插的花都是我采的。邻家嫁女儿，天没亮，花轿就停在门口，我跟她偷偷溜进去，并肩而坐，我说："我们结婚了。"那时候，我们对婚姻的了解，就是共同享受一方小小的黑暗。顺理成章，后来双方家长为我们订了婚，也一度讨论过吉期。

“改革开放”来了！中国人偷渡到美国赚钱的故事听不完，弄得年轻人手脚毛躁，老年人对着海水发呆。有一天,偷渡集团的蛇头到村子里来招揽生意，村子里的人从早到晚围着他团团转，田里的活、家里的活都放下了。

晚上，母亲把我叫到床前，她说 :“孩子啊！穷难过，屎难吃！咱们家上面已经穷了五代，下面不能再穷五代。”说着说着号啕大哭起来。

她的意思是，只有我偷渡出去，这个家才有翻身的一天，我跟蛇头先走，等到在外面站稳了，再把两个弟弟接出去。

“要这样，我死的时候才可以闭上眼睛。”

几乎没有挣扎的余地，我做了人蛇。你知道人蛇吗？伤天害理啊！来到美国打黑工，你知道黑工吗？伤天害理啊！要想尽孝，必须申请弟弟来，要申请弟弟来，必须自己先有绿卡，再做公民。唉，为了绿卡，为了公民，又是多少人伤天害理啊！

我是为了绿卡才跟玛丽结婚的，她是英国血统的白种女孩，听起来颇能满足中国男人的自尊心。家乡的那个青梅竹马一直等我，她痛哭流涕也要等我，咬牙切齿也要等我，挨打受骂也要等我，吃斋念佛也要等我。

在我的家乡，女孩子十七八岁还留在家里，就会有人笑她是老处女，到了二十出头，在男人眼里就丧尽一切优势。她的爱情故事也损坏了她的名声。最后她嫁给一个五十岁的老头子做填房，前妻留下四个儿子。我的罪过啊！

她完全相信我，一再说我绝不是一个负心的男人，可是我毕竟负了她。

母亲也一直相信我，她对我的两个弟弟说："你哥哥最听话，从来没说过谎。"她也不给两个弟弟定亲，她总是说："再等等，再等等。"大家都陪着我煎熬。母亲，爱人，都把我当作最可靠的磐石，可是她们南辕北辙，我一个人不能劈成两半啊！

最后，她们两个人只能有一个闭上眼睛。

两个弟弟是堂堂正正从海关通道进来的，他们到美国之后，才发现我能给他们的支持很有限，一切得靠自己奋斗。他们瞧不起，我一个厨子罢了！为了他们，我白手学艺，费尽心思伺候老师傅，终于当上美国餐馆的大厨，可泣可歌啊！咳！我这是干什么啊！

喝酒的时候，我对我心中的那个人说，我永远爱你，我一点也不爱玛丽，我下辈子做牛做马还你，我天天为你喝酒，如果喝酒喝出心血管疾病、脑中风、高血压来，那也是我应该得的报应。有时候，玛丽坐在对面看我，这番话我就对着她说，好像她就是我的那个青梅竹马，反正她听不懂中国话，一个字也不懂。这不是欺负她吗，我的心突然一软，没事，连喝三杯也就挺过去了。

玛丽劝我戒酒的时候，我就敲着酒瓶告诉她，喝完了这一瓶就戒。

现在，我敲着酒瓶告诉你，这酒，我永远戒不了！

双重国籍——海外人物速写之三

“入籍”是移民最后一站，我从新移民一路行来修成正果。各位好朋友见爱，这天美酒佳肴，高朋满座，我如归故乡，只差一串鞭炮。

我十年前就有入籍的资格了，一直摆在那里没办。

有一天我问自己，你是不是还要回到中国？当然没有可能。你在外面一个月可以住旅馆，在外面过一年就得租房子，如果在外面过一辈子，那就得买房子，“入籍”就是买房子。

还有一件事对我也是个刺激，儿子找工作填申请表，要他回答“你父亲是不是公民？”，还有“你母亲是不是公民？”。工作单位按他的答案计算点数，父母是公民点数多一些，录取的机会大一些。咱们这一生没有家产，也没有门第声望留下，已经愧对子孙了，如果入籍能给儿女一点点方便，能给儿女增加一点点优势，我拼上这张老脸也得干。已经走到这一步，常言道："老牛掉进枯井里，剩下两个耳朵在井口上是挂不住的。"

现在我从堂堂正正的中国人，换成堂堂正正的美国人。从颠沛流离的中国人，做到颐养天年的美国人。我仍是血统上的中国人，却已是法律上的美国人。回想入籍前后，我从喝白兰地的中国人，到喝茅台的美国人。从吃牛排的中国人，到吃饺子的美国人。从穿西装的中国人，到穿长袍的美国人。从听钢琴的中国人，到听胡琴的美国人。从说英文的中国人，到教中文的美国人。天造地设，天罗地网，注定我有两个身份。

移民啊移民，中国是祖父，美国是养父。中国是初恋，美国是婚姻。中国是思想起，美国是豁出去。中国是我们的故乡，美国是孩子的故乡。"故乡是什么？故乡是祖先流浪的最后一站！"凡是有海水的地方都有中国人，那些中国人都变成外国人。

鄙人风烛残年，在世毫无用处，美国收留我这样一个公民，稳赔不赚。活着拿一本英文护照，死了还是立一个中文牌位，人生如戏，美国好比舞台，移民好比粉墨登场，剧终卸装，中国一张床。此事极其平常，中国的老朋友别用那种眼光看我。

垂柳下——海外人物速写之四

我又梦见那棵柳树……其实是梦见地上一个黑洞。

当年在我的家乡，一等人种树，二等人杀树，三等人挖走树根。这就是那个黑洞的来历。

也许因为我那时个子还小，回想起来，那棵柳树参天一般高，树干很粗，好像支撑大厦的石柱。柳条又那么细、那样软，垂得那么低，长长尖尖的柳叶，镶着细细的锯齿，深灰色的树皮映衬，显得特别嫩绿精致，经过春风温柔的梳理，远看像一条绿色的瀑布。

不，瀑布太狂太野了，垂柳是春神的幼女，人间只有某一个女孩的长发可以比拟。那时，女孩时兴把头发留到肩膀那么长，一丝不紊，焕发着天然的光泽。当然，这必定是个美丽的女孩，娇生惯养不参加劳动的女孩。

真有这样一个女孩，常常在这棵垂柳之下出现，树冠如伞盖覆罩在她的头上。这里是她的领地，她是这个小宇宙的重心，天下地上的一切，包括我在内，时时等她出现。

那时我是一个光头的男孩，常常在那棵柳树底下和她相遇，我还没学会寒暄应酬，只能沉默。她有时对我说些学校里的事，那些事对我全无意义，只有她的声音占领我全部的听觉。我们相距大约三步，如果我走近她，她就转身围着树干散步，我也就像影子一般跟在三步之后。转圈的时候，我才听见树上鸟叫，小河里的水流，耳旁有风拂过，也看见她的长发像柳条摆动。

我能做的也只有这些。

我俩围着这棵垂柳画了许多次圆圈之后，战争来了，我的家、她的家分别向不同的方向奔逃。等到回来，小河仍在，河边老柳垂条的地方只剩下一个黑洞，她也从此不见了！我觉得像把我的心挖走了一样。说来毫无道理，战火毁了我家的老屋，我受到的伤害比这还轻。

我实在怕见这个黑洞，但是我又天天找一点时间到黑洞旁边徘徊，希望能在这里和她重逢。日复一日，我觉得那洞越来越大，越来越深，也越来越黑，很像地狱的入口。说来毫无道理，我在这里受折磨，我宁愿受这一番又一番的折磨。

我以混乱的头脑默诵黄歌川的一首诗。黄歌川，后来没再看见这个名字，也许是个速朽的诗人吧，他难以料到他的一首作品至今留在我的内心深处：一句美丽的言辞声音琳琅／藏在我的心底年深月长／几次冲到我的唇边但都半途而返／现在已毋庸说了说来已太晚……

以后，以后的以后，我也成了天涯海角生死不明的人物，悄悄度过青年和中年。人人都说大自然很美，可是有些风景使我痛苦，我怕看山，抗战八年，我们以崇山峻岭为世界，山保护我们，也虐待我们，等到不再需要保护的时候，就只记得它的虐待。我不能看雪，三年内战，我们在冰天雪地打滚，我的每一根骨头都换成冰棍，大雪堆都是万人冢。你会喜欢万人冢吗？

我也不愿意看见垂柳。有一栋房子，样样合意，只因门外有一株垂柳，我坚决不买。我的住处附近有一座公园，很多朋友在那里打太极拳，只因园内有一行垂柳，我坚决不去。有位朋友送我一本书，印刷装帧都很考究，只因封面有一棵垂柳，我坚决不看。中国文人称赞柳树含烟、带雨、依翠、藏鸦，英文管它叫“哭泣的树”，人家多么传神！单凭这一条，也足以证明英文比中文强。

现在我也老了，老人是另外一个人，我也开始游山，布满山峰的那些线条使立体的世界平面化，人居然能走到平面的背后去看另一个平面，那经验非常新鲜。我也觉得大雪中的世界如此简化，一如大清算后的资本家，雪中冒雪、踏雪、听雪，心思意念回到初生的婴儿，这种感觉很好。柳树，垂柳，我也还诸天地，渐渐把它忘记了。

可是最近我又常常梦见河边的那个坑洞，像地狱的入口一样朝着我，醒来觉得好像挖走了我的心，接着又想起黄歌川。怎么说也是毫无道理，多少大恩大怨，大悲大痛，大野心大遗憾，都已不再入梦，唯有这个坑洞，一棵柳树留下的坑洞，它又算什么呢，它凭什么到今天还祟着我呢？

如果梦中有那棵树，有多好！……如果梦中有那个人，有多好！

梦无好梦，不如无梦。为什么还要看见那个坑洞呢！

我的记忆正在大量流失，我常思忖最后剩下的记忆是什么，它代表我最后的潜意识，最后的生命力。难道会是这个坑洞吗？你说！

不重生男重生女——海外人物速写之五

婚后朋友问我，第一胎希望生男还是生女，我说："生女儿。"为什么？"下面的男孩有个大姐比较幸福。"

第二年，我生了个男孩，全家高兴，我赶紧说："生女儿是我的第二志愿。"

可是以后第三胎第四胎都是儿子，在那个重男轻女的大家庭里，我这个做媳妇的连生贵子，算是很争气，给丈夫挣足了面子。我在笑逐颜开之余，不免怏怏如有所失。

那是计划生育高唱入云的年代，流行的口号是"两个孩子恰恰好"。我家超出限额一倍，不免惹人另眼相看，自己也确实辛苦。我们"外惭清议"，暗暗叫停，同时"内疚神明"，总觉得儿子都是"他"的，女儿才是“我”的。

渐渐地，我开始喜欢别人家的女儿，见面都有三分亲，忍不住给她买件衣服或者送一件小首饰，于是有人说我在选儿媳妇。我赶紧澄清，选儿媳妇是儿子自己的事，不是我的事，我只把她们当女儿。“疼儿媳妇和疼女儿有分别吗？”有，那像是橙子和橘子都可口，像旭日和夕阳都美，可是有分别。

我喜欢女儿，渐渐有了一群干女儿。朋友说，如果你自己有女儿，又怎会有这么多干女儿，她们都叫你“妈”，跟亲生一样，她们说我“赚了”。我连声称是，心中却暗想，朋友借给你一张画，让你在客厅里挂几天，跟你自家的收藏能一样吗？

可是我已注定了没有女儿，有时候，我看见人家盼望男孩，生出来的净是女孩，和我恰恰相反，心中纳闷儿：生男育女这档子事，冥冥之中真有个主宰吗？他是怎样安排的呢？他究竟是勤快还是懒惰呢？是精明还是糊涂呢？他是心存善意还是和我们为难呢？人口专家说，千百年来，世上男人的数目和女人的数目有天然的平衡，除非有战争或者溺婴恶俗。既然这样，为什么不家家平衡一下呢？

每逢看见“遗憾”或“心愿未了”这样的词句，我总想起我没有女儿，我不甘轻易放弃这个愿望，为了生个女儿，我愿意来生再做女人。

某教授得子——海外人物速写之六

唉，好险哪！如果移民失败，我也无面目回江东，只好在美国流浪到死，我这个儿子也等于没有了。你告诉我一句俗语，“美国没有绝人之路”，我靠这句话撑下来，如今父子团聚，朋友们说我“老年得子”。

难啊！慷慨好客的美国已化为传说，现在“高明之家，鬼瞰其室”，你想来，别人也想来，喜欢美国的人要来，憎恨美国的人也要来。老天爷降雨在义人的田里，也降雨在不义之人的田里，因缘造化把移民官的扑克脸摆在坏人面前，也摆在好人面前，美国政府叫“用脚签证”的领事把打算心怀二志的人踢出去，也把诚心奔向新天新地的人踢出去。

你知道我是什么样的人，我从“史无前例”中熬过来，一不怕苦，二不怕难，无论怎么说，美国的教育系统很好，使人垂涎垂泪；无论怎么说，美国的机会多，即使叫你迷眼迷路。

人到了我这个份儿上，多少贪嗔都能放下，唯有对儿女这一点痴心放不下。痴心父母古来多，无论多么爱国，还是希望子女别在死水里做鱼，无论多么恋乡，还是试一试“树挪了死，人挪了活”。人到了这个份儿上，他是轮回，子女是来生，他是肥料，子女是花木。

我办成了！只要功夫深，海“关”门内的那道铁栅栏由繁体磨成简体，再磨成“开”。“你得不到，是因为你没求；你求了也得不到，是因为你妄求”，美国海关简直摆出天堂的架势，它再一次锻炼我的灵魂。我初来的时候挺着胸膛，现在挺着肚子，本来一脸英气，现在一团和气；本来大漠行军，现在安营下寨，本来吹肥皂泡，现在握琉璃球；以前一个人单独做梦，现在两个人一同做梦。

我这是大破大立、大掷大下。我这是迈大步、当大任、克大难、创大运。倘若一个教育英才的教授，他的子女却没有很好的教育环境，倘若卖盐的老婆喝淡汤，倘若遍身罗绮者不是养蚕人，那么，自己做出一点小小的纠正，别人也是无可置评吧？不能平天下，那就退而治国；不能治国，那就退而齐家；不能解决通案，姑且解决个案；不能兼善天下，何妨独善其身！

又有一个中国青年开始他在新大陆的冒险，欢迎！

又有一个中国父亲送给美国一个可造就的人才，欢迎！

“得子”不是一切问题解决，而是一切努力的开始。

中国人的移民故事犹如接力赛跑，父亲的终点是儿子的起点，多少父亲由“无子万事不足”到“有子万事足”，再演进到“有子万事不足”！人事已尽，天命在可知与难知之间，人到了这个份儿上，只能但问耕耘。

人家说我是敝族迁来美国的“一世祖”，现在后继有人，可以由争一时进而争千秋。这一支余脉如果轰轰烈烈，自然会回馈乡邦；如果平平淡淡，中国也不在乎少了这么一个人；万一肮肮脏脏，那是母国省了事，美国增加了负担。放下吧，无论怎么说，离开中国就是对得起中国。

还乡旧梦今记——海外人物速写之七

由台湾还乡探亲，第一站是香港，到香港第一件事是买一本中华人民共和国分省地图，多处行政区域重划了。老眼昏花，地图一片模糊，但是老家的地名在自己眼中永远特别大。

落叶归根？别忘了有风。吹西风，他往东飘；吹北风，他往南移。当年的撤退和今天的还乡，都是不同的风造成的。

这随风飘荡的人回家去，归路和来路同一条铁轨，当年沿线激战，只身幸免，不堪重温。中途夜宿做了一个梦，梦见新魄故魂聚集成军，一路打回去。醒来半窗残月，一身冷汗。

一辈子过去了，年轻的时候三十功名尘与土，不失为大丈夫，老来安置就养，三餐茶饭，一盏孤灯，都说是福，可是怎比那八千里路云和月？

回乡探亲，少年时的尘土又满脸满襟，四万八千毛孔舒适无比。又看见了少年时的田亩河溪，想起军中授田证引起的美梦。眼下田中禾苗招展，如沙盘上插满小旗，插满了！人家已经插满。

抓起土，盈盈一握，放开，犹如和朋友握别。朋友的手吗，是不能握住不放的。

家乡人事全非，城郭也并不依然，许多事只能哭，不能问，还乡人除了大把美钞，还带来大把眼泪。

可是子孙一辈长大了，一排蔷薇颊，双目清如秋水，叫人好生爱怜。往者已矣，他们的未来要紧，到了今天，政府希望他们有个走出悲情的父祖，还乡人除了眼泪，还带来微笑。有时啼笑两难，哭，对不起下一代；笑，对不起上一代。

亲邻都来问讯，他们心平气和，谈话与统战口径相符。料想他们火炼成丹，留得青山在，在现实生活中找到自己的生存智慧了。

政府部门接待还乡人的方式三分九等，总之，“坐，请坐，请上坐；茶，泡茶，泡好茶”。这是对离乡人的一次总评鉴、大检阅。还乡人自己知道自己的分量，家乡人也由此看出还乡人的分量，昨宵今日表情不同。

一连串酬酢展开，无酒不成席，每个人都认为自己家乡的老酒才是世上最好的酒。异乡似水，故乡似酒，异乡的酒似水，故乡的水似酒。

年龄老大，味蕾退化，瓜果梨枣都不似旧时滋味，只有酒气强烈，可以使乡梦复苏。可惜心脏血压不争气，只能浅尝即止了。

故乡是一杯只能浅尝的老酒。故乡是不能久驻的醉乡。男儿志在四方？男儿何尝甘愿！何尝甘愿！

破镜可以重圆，但是中间那条裂痕不会消失，圆而复缺，归是暂归，别仍长别，还乡人买的都是来回票。

探亲出于人道，然而人道并非幸福圆满之谓也。炎凉厚薄，酸甜苦辣，皆人之道、人所经也。国人安土重迁而又憧憬衣锦荣归，离乡还乡皆是大难之事。今有人焉，历经两难，可谓人之道尽矣。

听还乡人诉衷情，作成速写，意犹未足，六首有韵之文继之：

其一

少年心事渐模糊，石未斑烂海未枯。

眼晕瞳花寻道路，山长水远换舆图。

其二

一叶飘飘性命轻，归程仿佛是征程。

大圆在上无终始，北马南船四季风。

其三

铁杵磨针针未成，少年尘土老年灯。

河阳阡陌纵横在，哪有井田学力耕。

其四

椿萱摧折种芝兰，昨死今生啼笑难。

万姓几家称智叟，不留块垒留青山。

其五

沧桑历尽且飞觞，说甚男儿志四方。

弱水三千人未醉，世间好酒出家乡。

其六

世情如镜破难圆，可惜今生未了缘。

填海补天原是梦，间关万里去复还。

不知今世是何世——海外人物速写之八

我十四岁离开老家，越走越远，原以为今生再也回不去了。三十五年以后的那一声还乡，我觉得好像听见了梦话。

我离家那一年，爸爸五十岁，香烟不离手，食指中指都熏黄了，其实烟瘾不大，叼着烟卷儿学电影明星韩兰根，吸进去的少，吐出来的多，妈妈抱怨他糟蹋钱。妈妈四十六岁，是打毛线的高手，行走坐卧都照常工作，喜欢用两种颜色的毛线打出“福”字或“寿”字花纹。

三十五年后第一次还乡，心里嘀咕：我还记得这个家吗，这个家还认得我吗？走进村子，巷弄未改，老房子犹在。原来门口有狗，现在也有狗，原来院子里有鸡，现在也有鸡，我一不小心踩在鸡屎上，三十五年前也是这样。

我想，不对啊，现在老家不该是这个样子。

一家人团聚了，大哥五十二，他长成一个胖子，大眼珠，两腮圆嘟嘟，胡子茬儿黑、硬、粗、稀，跟当年爸爸那张脸一样，手里也拿着香烟，笑嘻嘻任凭大嫂批评他浪费。人少的时候，听得见他喘气呼呼响，爸爸的声音。他们的儿子十九岁，瘦长脸，两颊凹下去，不像他爸爸，像我。看来不怎么精明，不怎么勤快，也像当年的我。大哥大嫂一点也不掩饰他们多么疼儿子，两双眼睛轮流在儿子身上转。当年父母也是这样宠我，我年轻时没留下照片，我离家的时候大概也是这样的面貌和身段？

妹妹四十八了，瓜子脸，尖下巴，脸形神情得母亲真传，应该说好看。粗糙干燥的皮肤夺去了美，太操劳了，看见她就像看见了母亲，她也手里拿着未完成的毛线衣，胸前编织了一个大大的红星。回想母亲当年的操劳，那时不懂事，现在能体会妹妹的艰辛，想哭。可是妹妹很乐观，长于谈吐，芝麻绿豆都说得津津有味，制造出一种气氛来，阻住眼泪。

这个性格应该得自隔代遗传。

吃团圆饭，清炖鸡红烧狮子头，妹妹下厨，妈妈的拿手菜。她最后入座，抄起围裙擦手，妈妈的姿势。我左顾右盼，父亲坐在这里，母亲坐在那里，那个少不更事的“我”叨陪末座,这个场景从哪里来？我一会儿觉得这是三十五年前的旧家，我离家漂泊三十五年是一个梦，一切都并未发生。我一会儿觉得这是我三十五年来常做的梦，结束流浪，回到父母身边。有一次我想到，三十五年的时间还嫌短，再过十年二十年，我到九泉之下才可以和他们重逢，那一天现在到了……我没有力气吞咽，这种饭得拌着眼泪吃，哭不出来，我也吃不下去。

三十五年前窗下一张木板床。三十五年前的夜来风雨声。三十五年前的一声鸡啼。早晨，来了一大堆人，看一个中国人变成美国人以后有几个鼻孔。我看见村长，瘦小精悍，手里“端”着旱烟袋。我看见那位老中医，给人家治病，自己一直咳嗽。我看见那个专烤吊炉烧饼的师傅，一只手臂常年给炉火烤得又红又肿。我看见街头唯一一家杂货店的老板，年纪还轻，怎么看上去有点驼背。他识字少，央人写春联，私塾先生欺负他，给他写的是“花椒胡椒心里焦，黑矾白矾不耐烦”……一交谈，发现都是幻像，都是遗传学的复制品。

这算什么？开玩笑吗？一张脸的变化总有限度，三十五年前的记忆本来很仿佛，三分相似也看作十分。我忽然非常感激，老天怜悯我，安排这些人戴上面具，陪我演一场还乡记。光阴为我倒带，停格，为我恢复消逝了的原貌。剧终，无言的启示，万事都是虚空的虚空。

一个主婚人如是说——海外人物速写之九

今天的新郎是我最小的孩子，据说最小的孩子最聪明，这话有些道理。最小的孩子前面有哥哥姐姐疼他教他，哥哥姐姐怎么做，他有榜样可以效法，他举一反三，触类旁通，所以他显得聪明。

有人说，天下父母都疼爱最小的孩子。我们对每一个孩子都疼爱，要是可以用天平称一称，我们最疼第一个孩子，我们感谢他到世界上来陪我们冒险，我们把全部的爱给他。可是我们没经验，事后才知道有许多地方做得不够，有许多地方做得不对，这时候他已经不需要我们那样的爱了，我们只有在第二个孩子身上补救，对第二个孩子我们努力要做得更多，做得更好。

看起来，我们好像更爱第二个孩子，可是事后发现我们还是有过失、有亏欠，我们总是顾此失彼，过犹不及，我们是扶得东来西又倒。这种缺陷总是在你来不及补救的时候才发现，怎么办呢，我们只有在第三个孩子身上根据以往的经验加减乘除，努力补偿，这样看起来好像是爱最小的。我们是因为爱老大老二更爱老三，我们猜想别的父母也是如此。

我说过，我和内人教养第一个孩子，用法家，管得很严，条条框框很多，要他听话、听话、听话，老大受的委屈多。教养第二个孩子我们用儒家，要开导他，要感动他，老二很乖，很合作，可是我们的指令并不完全对。到了最小的孩子，我们可以说变成了道家，很像是无为而治。这时候我们对美国教育家的语录知道了不少，每个孩子都是独一无二的，不要强迫他学别人，好好。上一代的经验阻碍下一代发展，你要收起来，好好。你把孩子丢进水里，他自然会游泳，好好。老三的风险大增。国人的三大法宝，儒家法家道家，我们都用了，还是没做好，我们也技穷了。

都说越聪明的孩子越让你操心。老人聪明了反应慢，小孩子聪明了反应快，老人越聪明做得越少，多做多错嘛！小孩子越聪明做得越多。人一有了孩子，他在心理上不知不觉进入老年，站在孩子的对立面看问题，总认为反应太快不好，做得多也不好，他无能为力，可是又不能听其自然。

幸好我们一切顺利。在座的各位亲朋好友都帮了忙，有教育家给我们解释美国的教育环境，有急公好义之士给我们排难解纷，有儿童心理专家跟我们的孩子结成忘年之交，循循善诱，发展孩子的天赋，我也遇到好长官，给我们加添信心勇气。所谓新移民症候群，我们减到最低最少，我们老两口非常感激这些亲友长官，孩子们也会永远把他们记在心里。

今天，我们的小儿子结婚了。儿娶女嫁是父母的终身大事，孩子小，我们把他交给上天；孩子大了，我们把他交给社会；等他结婚了，我们把他交给他的配偶，这时候我们的责任算是告一段落了。我们老两口在这里，在证婚人的见证之下，在全场贵宾的关怀和祝贺之中，热烈欢迎芮莉小姐成为舍下家庭的一员，我们怎样爱子女也怎样爱她，我们因为爱子女而更爱她。依照中国的说法，万里姻缘一线牵，五百年前月下老人已经把一条红线拴在这两个年轻人的心上，我们感谢这条红线。

我们也早已叮嘱今天的新郎，有了这条红线，他已经不仅是这个家庭最小的儿子，而是建造另一个家庭的“工程师”。因为有这条红线，他不仅要聪明，还要有毅力，能包容，有担当。因为有这条红线，他们俩合成一个大写的人，一个复数的人，这条红线使他们一举一动都会感觉到对方存在，都要为对方设想，要和对方协调一致，他们两个人，实际上成为一个人，他俩就这样共同缔造新的人生。

感谢各位贵宾今天赏光，感谢内子的好几位朋友，两个月前就开始了筹备工作。如果还有不周到的地方，请各位包容，也许办这样的事情很难十全十美，只有在来宾的体谅之下才可以圆满周到，我和内子更谢谢各位的体谅包容。

那树

那棵树立在那条路边上已经很久很久了。当那路还只是一条泥泞的小径时，它就立在那里；当路上驶过第一辆汽车之前，它就立在那里；当这一带只有稀稀落落几处老式平房时，它就立在那里。

那树有一点佝偻，露出老态，但是坚固稳定，树顶像刚炸开的焰火一样繁密。认识那棵树的人都说，有一年，台风连吹两天两夜，附近的树全被吹断，房屋也倒塌了不少，只有那棵树屹立不动，而且据说，连一片树叶都没有掉下来。这真令人难以置信，据说，当这一带还没有建造新公寓之前，陆上台风紧急警报声中，总有人到树干上旋涡形的洞里插一炷香呢。

那的确是一株坚固的大树，霉黑潮湿的皮层上，有隆起的筋和纵裂的纹，像生铁铸就的模样。几丈以外的泥土下，还看出有树根的伏脉。在夏天的太阳下挺着颈子急走的人，会像猎犬一样奔到树下，吸一口浓荫，仰脸看千掌千指托住阳光，看指缝间漏下来的碎汞。有时候，的确连树叶也完全静止。

于是鸟来了，鸟叫的时候，几丈外幼儿园里的孩子也在唱歌。

于是情侣止步，夜晚，树下有更黑的黑暗。

于是那树，那沉默的树，暗中伸展它的根，加大它所能荫庇的土地，一厘米一厘米地向外。

但是，这世界上还有别的东西，别的东西延伸得更快，柏油路一里一里铺过来，高压线一千码一千码架过来，公寓楼房一排一排挨过来。所有原来在地面上自然生长的东西都被铲除，被连根拔起。只有那树被一重又一重死鱼般的灰白色包围，连根须都被压路机碾进灰色之下，但树顶仍在雨后滴翠，有新的建筑物衬托，绿得更深沉。公共汽车在树旁插下站牌，让下车的人好在树下从容撑伞。入夜，毛毛细雨比猫步还轻，跌进树叶里汇成敲响路面的点点滴滴，泄漏了秘密，很湿，也很有诗意。那树被工头和工务局里的科员端详过计算过无数次，但它依然绿着。

计程车像饥蝗拥来。“为什么这儿有一棵树呢？”一个司机喃喃。“而且是这么老这么大的树。”乘客也喃喃。在车轮扬起的滚滚黄尘里，在一片焦躁恼怒的喇叭声里，那一片清荫不再有用处。公共汽车站搬了，搬进候车亭。水果摊搬了，搬到行人能悠闲停住的地方。幼儿园也要搬，看何处能属于孩子。只有那树屹立不动，连一片叶也不落下。那一蓬蓬叶子照旧绿，绿得很有问题。

啊，啊，树是没有脚的。树是世袭的土著，是春泥的效死者。树离根，根离土，树即毁灭。它们的传统是引颈受戮，即使是神话作家也不曾说森林逃亡。连一片叶也不逃走，无论风力多大。任凭头上已飘过十万朵云，地上叠过二十万个脚印。任凭那在枝丫间跳远的鸟族已换了五十代子孙，任凭鸟的子孙已栖息每一座青山。当幼苗长出来，当上帝伸手施洗，上帝曾说：“你绿在这里，绿着生，绿着死，死复绿……”啊！所以那树，冒死掩覆已失去的土地，作徒劳无功的贡献，在星空下仰望上帝。

这天，一个喝醉了的驾驶者以六十英里的速度，对准树干撞去。于是人死，于是交通专家宣判那树要偿命。于是这一天来了，电锯从树的踝骨咬下去，嚼碎，撒了一圈白森森的骨粉，那树仅仅在倒地时呻吟了一声。这次屠杀安排在深夜进行，为了不影响马路上的交通。夜很静，像树的祖先时代，星临万户，天象庄严，可是树没有说什么，上帝也没有。一切预定，一切先有默契，不在多言。与树为邻的老太太偏说她听见老树叹息，一声又一声，像严重的哮喘病。伐树的工人什么也没听见，树缓缓倾斜时，他们只发现一件事：本来藏在叶底下的那盏路灯格外明亮，马路豁然开旷，像拓宽了几尺。

“尸体”的肢解和搬运连夜完成。早晨，行人只见地上有碎叶，叶上的每一平方厘米仍绿着。它果然绿着生，绿着死。缓缓的，路面染上旭辉；缓缓的，清道妇一路挥帚出现。她们戴着斗笠，包着手臂，是树的亲戚。扫到树根，她们围着年轮站定，看那一圈又一圈的风雨图，估计根有多大，能分裂成多少斤木柴。

一个说，昨天早晨，她扫过这条街，树仍在，住在树干里的蚂蚁大搬家，由树根到马路对面，流成一条细细的黑河。她用作证的语气说，她从没见过那么多蚂蚁，那一定是一个蚂蚁国。她甚至说，有几个蚂蚁像苍蝇一般大。她一面说，一面用扫帚划出大移民的路线，汽车的轮胎几次将队伍切成数段，但秩序毫不紊乱。对着几个睁大眼睛了的同伴，她表现出乡村女子特有的丰富见闻。老树是通灵的，它预知被伐，将自己的灾祸先告诉体内的寄生虫。于是弱小而坚韧的民族，决定远征，一如当初它们远征而来。每一个黑斗士离巢后，先在树干上绕行一周,表示了依依不舍。这是那个乡下来的清道妇说的。这就是落幕了，它们来参加树的葬礼。

两星期后，根被挖走了，为了割下这颗生满虬须的大头颅，刽子手贴近它做了个陷阱，切断所有的动脉静脉。时间仍然是在夜间，这一夜无星无月，黑得像一块仙草冰。他们带利斧和美制的十字镐来，带工作灯来，人造的强光把举镐挥斧的影子投射在路面上，在公寓二楼的窗帘上，跳跃奔腾如巨无霸。汗水超过了预算数，有人怀疑已死未朽之木还能顽抗。在陷阱未填平之前，车辆改道，几个以违规为乐的摩托车骑士跌进去，抬进医院。不过这一切都过去了，现在，日月光华，周道如砥，已无人知道有过这么一棵树，更没人知道几千条断根压在一层石子一层沥青又一层柏油下闷死。

《武家坡》

薛平贵不姓薛，王宝钏也不姓王，现代人顶着古人的名字，在舞台上扮演千年前的故事。一个长胡子的顽童，挥动一根棍子，自以为在骑一匹骏马。他自言自语，说是来到故乡。什么是故乡？他的马还有一根马鞭，他的故乡连一片瓦也没有。可是他唱着、跳着说回家了，他说他由西凉国的驸马升成了国王。

薛平贵有过无数化身。这一次，他的运气坏，由一个猥琐庸俗的中年人扮他，这人不但从未做过驸马，而且终身不娶，只能从妓院中闻到脂粉。在道德重整会和卫生局的轮流谴责下，他的生之欲不是尽情放纵，就是苦行节制，节制后的放纵，放纵后的节制，像海浪一样冲过来、冲过去，像冲刷岩石一样，把他的自尊与自信剥掉一层再一层。他挥鞭而前，骑一头瘦马，随时有失蹄倾跌之虞。你在小城镇的二流客栈中可以见到这样的账房，不会在任何王国里看见这样的驸马。

王宝钏啊王宝钏，你太老，你不该有鱼纹，你的唇线已下弯，你的皮肤枯干使化妆品失润。不错，你本不年轻，可是，舞台终究是舞台，武家坡的王宝钏挖菜挖了十八年，舞台上的王宝钏往往只有十八岁。你应该年轻、美丽，生命力饱满，使观众忘记漫长的生离死别。舞台究竟是舞台，台上的王宝钏必须摘下近视眼镜，那层玻璃片一旦摘除，眼球就因为失去了重要的凭借而茫茫然，而惶惶然。观众和她之间隔一层浓雾，看见她眼神里的茫茫，看见她的空虚迷惘。她经常发怔，经常心不在焉，不兴奋也不感伤，她预知他回来，知道他回来也不过如此。

两个人都是资深演员，都演过一百次《武家坡》，由少年演到中年，由西北演到东南，由戒慎恐惧、熟极而演到心灰意懒。旧调重弹，每一句话每一个动作都无新意，每一个动作每一句话都由别人规定得死死板板，不能加也不能减，重复一遍又一遍到一百遍，不能多也不能少。看哪，王宝钏打开窑门，察看来人，看他是否真正是自己的丈夫，她张开眼皮，眼光散乱，并不曾真正去看。看哪，那薛平贵站在门外，你看我不看我都无所谓。他们这样演下去，演完一出又一出，不知道还要虚应多少故事。

剧评家大摇其头。可是观众肃然，肃然得使剧评家疑惑不安。没有人谈话，没有人离场，没有人抽烟，每个人都张口发呆，这是什么缘故？枯枝何以能满室生香？薛平贵、王宝钏，以站在台上征服观众为终身职志，直到今晚才大获全胜。迟来的胜利，不足恃不可再的胜利，使王宝钏一阵心酸，使她在举袖高歌“老了老了人老了”时，真的全身发抖热泪横流。她的表演震慑全场，不知怎么，她觉得眼角的余光里有飞鸟一闪而坠。可能吗？戏院是老式建筑。唉，眼镜，眼镜……

台下忽然有声尖叫。正面楼座的观众纷纷站起俯瞰，楼下的观众纷纷离座奔逃。一个警察冲出来猛吹哨子，唯一的功效是锣鼓停歇，薛平贵、王宝钏垂手并肩而立，从千年前望千年后，由世界外望尘寰，望搅成一团乱麻的人头。

电线走火？流氓斗殴？防空演习？四散的观众把谣言带到四方。老年人说，这家戏院“炸”了，“炸”是观众无缘无故地惊慌失措、奔逃践踏。凡是历史悠久的戏院，都可能突然出现这种庸人自扰的悲剧。“炸”过的戏院必须歇业，演炸了的角儿可能终身不再走红……第二天的报纸上却不是这么说的。记者报道，这场戏的观众大半是老兵。有一个中年男子坐在楼上第一排看戏，泪流满面。他在离座站立时心脏病发，倒栽下来，死了。谁也不认识这个人，警察查不出他的姓名，决定在殡仪馆停尸三天，听候认领，如果没有亲友出头，由警察局按无名尸体处理办法用公费掩埋。

戏院没有“炸”，还可以走几年好运。巨幅海报贴满大街，晚间的戏码，由原班人马继续唱《武家坡》。

洗手

一觉醒来，发现两只手中的一只很脏，仿佛在梦中做了半夜的油漆匠。我反复看这只脏手，猜不出是什么缘故。我的手一向细致光润，看相的人都说属于稀有的一格。昨天晚上，上床之前，我在澡盆里还看见十个指头白里透红，一尘不染，怎么一夜会变成这个样子？世事之无常真是太不可思议了！

连忙起床，跑进盥洗室，抓起肥皂，才想起今天停水。我只好用一只手取早餐，用干干净净的那一只。吃早餐的时候心不在焉，囫囵吞下，心里想的，眼睛看的，还是那只手上的污点。那是一小片一小片的油渍，颜色轻重不匀，最重的一片很像是一小片酱黄瓜。我连忙把餐桌上的酱黄瓜推得远远的，早餐的胃口因此完全失去了。

实在没有理由。昨晚上床时，床上的棉被是新的，被单是新换的，睡衣也刚刚洗过。而我的手在白瓷澡盆里浸泡之后晶莹无瑕。

我一向以有一双干干净净的手感到骄傲。当我是小学生时，每天早晨，全班同学坐在位子上，挺胸抬头，双手平伸，接受级任导师的清洁检查，我总是第一名。每逢星期一,全校同学在大操场上集合，所有的手像钢琴键一样排列着，听候检阅，校长在我面前放慢脚步，停下来欣赏，等校长走过，一位女老师把我的小手放在她的大手里，反复把玩。大操场上，手的排列一望无际，可是人们看见的只是一双手，因为它放光。

这种得天独厚的皮肤，不会在一夜之间变形，我所需要的，不过一些清水罢了！于是跳上计程车，催促“快开”。一路上，司机巧妙地超车，喇叭狂鸣，行人纷纷东斜西歪。赶到办公室，上班时间还没有到，工友坐在他的位子上打盹儿，我一阵风抢进厕所，把一只手放在水龙头下，用另一只手拧开龙头，听水声哗哗而下，沁心的清凉由指端直溯而上，通体舒泰无比。闭着眼睛享受了一番，再睁开眼看，我的老天！这只脏手已经全部乌黑，因为从水管里面倾泻而出的全是墨汁！

这时候，我第一个念头是侥幸没有把另一只手弄脏，再说，幸而没有谁在场看见。我急跑进马桶间，锁上门，反复细看，一只手已完全黑了，远远望去，就像戴上一只黑手套，可是，仔细观察，上面布满了纵横交叉的白线，那是因为较粗的几条手纹仍然保持本色。现在，连我自己也不能想象这只手有过当年的风光，它完全像是用墨拓在纸上的手模。

把这只手插在裤袋里，度过表面上正常而平静的一天。这只手暗中不断出汗，连裤袋都湿透了。可是汗水不能洗掉什么，我悄悄看了一眼，带汗的手背反而黑得发亮。

这一天，我的上司一定想过：这家伙怎么忽然变得没有礼貌。我总是用一只手去接他交下来的文件。

为什么现在不是冬天？冬天可以戴手套。

这一天，别人都用诧异的眼光看我，不过，我知道，这是由于自己心虚。

倒霉的人偏偏会遇上倒霉的事：下班后，挤上公共汽车，抓住吊环，也是用一只手。偏偏碰上一个喜欢急刹车的司机，他开车像用筛子，把我们筛成人豆儿。别人都用双手抓牢车厢里的横杆，我可不行。有一半以上的乘客动了好奇心，猜忖我裤袋里到底有什么秘密，我在他们没有猜出来之前连忙下车。

回到宿舍里，我什么也不能做，除了在这只脏手上涂满肥皂用自来水冲掉，再涂上，周而复始。这只手变得麻木，变得僵硬，终于火辣辣地疼痛。管它，我还是不断地往上面涂肥皂，并且干脆把它浸在浓浓的肥皂水里。我什么事都忘记了，听到荒凉的鸡啼，才想起忘了睡觉，也忘了吃晚饭。在鸡啼声中，我才想起，肥皂和清水的用处毕竟有限，而且太有限了！

经过一夜的刷洗，这只手像是剥了皮的兔子，可是这只兔子有一身乌肉。难道这只手的颜色就这样注定、无法更改了吗？难道我从此成为只有一只手的人？我究竟做错了什么，招来这无名的残废？我又是悲伤，又是愤怒，又是恐惧，斗室之内，张皇四顾，看看有什么力量能救我。

第二天，我把这只手交给一位名医，排了半天队伍才走到他面前。他拿棉花蘸了酒精拣最黑的地方擦了又擦，用放大镜看了又看，说：

“我建议你去找我的老师。”

第三天，我把这只手交给另一位医生，这位医生的年纪更大些，表情更严厉些。病人更多，我排队排得更久。他也用酒精在我手上擦了又擦，用放大镜看了又看，然后说：

“你必须去看我的老师。”

第四天，我坐在另一位医师的候诊室里，他的诊所特别大、特别冷，到达时，看不见任何候诊的人。我坐下，听见医生在诊察室中与病人隐约不清的对话。等那个病人出来，我就可以进去。本来准备排更长的队伍，储蓄了更多的精力与耐性，现在几乎笑出来。不久，病人出来了，是一个眉毛又长又白的老人家，他拄着拐杖，在护士的扶持下，一小步一小步慢慢走出去。我起身离座以为我可以进去，可是护士说：

“你等一等。”

她从门外搀进另一位老人家来。他的头发全没了，胡子却像一束银丝，无风自飘。他进了诊察室，室内又开始有隐约不清的对话。直到护士扶着他出来，直到护士又告诉我“等一等”，直到另一个老者从门外被搀进来。

“你等一等。”

我在冰冷的候诊室里等着，望着那些出出进进的病人，看那些人的眼皮像口袋一样挂着，看那些人手臂上由青筋和黑斑组成的现代画，看他们浑浊呆滞的眼球所呈现的奇异的色调。时间一分一分过去，在煎熬中忽而一阵想起、忽而一阵忘记自己的冷，冷得如赤身裸体，冷得涕泗横流。

直到我被允许进入诊察室，我才想起身上有一个部分滚热滚热，热得发烫，仿佛全身的热量都集中到裤袋里的这只手上，仿佛那裤袋就是一个火炉。在老医师面前，这只手散发着蒸气。

老医师比刚才出出进进的任何病人更老，他身上集中了暮年的一切特征。护士拿蘸了酒精的药棉擦我手上的黑处，并且调整好了放大镜的位置和距离，老医师约略看了一下，护士立即把我的手放下，把放大镜收回。

“这是一种病。”他说。

“皮肤病吗？”

“某一内脏器官有某种病。”

“可是我的手……”

“内脏器官正常以后，皮肤的颜色会恢复正常。”

我要求用药。他表示，现在的医学研究还没有弄清这到底是怎么一回事，像他这样有身份的医生，不能随便开处方。

“那怎么办？”我着急了。

他本来向护士示意诊治业已完毕，护士示意我可以走开，但是我的焦灼燃动了老医生的恻隐之心。他继续说："像这种我们不能了解的病症，也常常在我们的不了解之中自然痊愈。"

这已经是对我最大的恩惠了，此外他不能再说一个字。我怏怏走出诊疗室，怏怏走过候诊室，怏怏走出大门，没看见再有病人走进。我是最后受诊的病人，尽管我最先来到。这更增加了我的怏怏。这是非常怏怏的一天。

于是，这只手只好黑，黑得很邪恶。每天看见别人比我多一只手，心里嫉妒得要死。嫉妒绝非美德，但是，我相信纠正也应不难，有一天，一夜之间，我从梦中醒来，会忽然发现手上的黑色褪尽，还我应有的红润清白。只要那一天来到。

胜利的代价

这是冬天。侯镇有一个布贩，骑着小毛驴到城里去办年货，半夜，独自一瘸一瘸走回来，脸色苍白，失魂落魄。布贩说，他从城里回来的时候，仗着月色皎洁，贪赶路程，半夜经过侯家墓园，听见鬼哭。他吓了一跳，从驴背上跌下来，小毛驴丢下他不管，一溜烟先跑了。他跌痛了腿，战战兢兢走完最后一段路程，差一点吓死。第二天人们纷纷议论这件事，有人说：世界上哪有鬼，卖布的八成是听到夜猫子的叫声。

这些话传进侯家的大门，把那些少爷、孙少爷气得两眼圆睁。他们跑去把布贩打了一顿，要他承认是在过一片没人祭扫的乱葬岗跌下驴背的，那儿有裂开的土，露出东倒西歪的棺材板儿，夜猫子找一个缝隙钻去，敲死人的骨头。布商当场叩头认错，然后逢人便说：他赶夜路认错了地方。

侯老爷的反应不同，他听说墓园出现了夜猫子，一句话也不说，拉长了脸抽烟，想自己做过什么缺德的事情没有？想侯家的子弟有没有不成材的败类？一百多年以前侯家发达起来，开始用心经营这一片墓地，做他们大家族神圣的归宿。墓地四周用花砖砌成方方正正的围墙，墙里面种满了终年长绿的松柏，就像是一群武士，披着盔甲，持着长矛，排成严密的方阵。麻雀、乌鸦，从来不在这里做窝；樵夫、牧童，望见墓园围墙就往后退。侯老爷万万没想到，墓园里有一天会出现夜猫子。就算是谣言吧！他也从来没想到这种谣言有天会加在侯家的头上。

侯老爷的经历多、世故深，他知道墓园里是万万不能有夜猫子的。当年侯家还没有发达的时候，这儿姓冯的是名门望族，冯家的墓园又大又漂亮。可是有一年大年夜，冯家正在兴高采烈吃年夜饭的时候，夜猫子在他们的墓园里叫起来，从那以后，冯家一落千丈，子孙流落四方，冯家的墓园现在变成一片乱葬岗子，不但没有一棵树，连一座完整的坟墓也没有了。

谣言当然不值得重视，但是这件事情关系太大，必须调查明白，如果，万一，也好在过年以前有个处置。他决定自己去看个究竟。不能让家丁去，当年冯家就误在家丁手上，家丁在过年的时候贪玩贪赌，编谎话骗了他们的主人。也不能让儿子侄子去，他们的性情有一点浮躁，不够稳重缜密。他吩咐套车，决定亲自出马。

现在是冬天，西北风冷得刮骨，幸而侯家有一辆暖车，用厚棉被围着车厢，里面放着火盆。车子半夜出发，在墓园一里路外的地方停下。侯老爷坐在车里面凝神静听，听寒风卷起地面的枯草，听墓园的松枝在风中相摩擦，听驾车的马咻咻喘气，听火盆的木炭裂开，听自己的心跳。在悠悠天地之间，他觉得像一叶孤舟在惊涛骇浪中颠簸漂荡。

在孤独和恐惧中他充满了忧愁。现在是侯家吉凶祸福的紧要关头，百年的历史、三代的基业全堆在他的肩上。不过，值得安慰的是姓侯的没有做过伤天害理的事情，今年清明他来扫墓，在墓园里转了一个大圈子，看见每一棵树上都是青枝绿叶生机焕发，足见地气饱满，风水还在当令。如果夜猫子敢到这样的地方来胡闹，未免太叫人难以相信了。

想到这里，心情宽松下来，就着木炭火盆点着一根香烟，心里想着夜猫子这种鸟实在讨厌，到处替人惹祸招灾，为什么到现在还不绝种？它们如果真能知道吉凶祸福，应该明白自己会有大祸临头。夜猫子啊！夜猫子。侯家可不比冯家，侯家不好惹的呀！

他忽然打了一个寒战。外面有声音，一种异乎寻常的声音。

那种声音非常地悲惨，就好像地狱底层冤魂的嚎叫，但是同时又好像极为得意的小人，在某种卑鄙的计谋实现以后，充满恶意和快意的冷笑。

那声音非常地尖锐，好像能够刺破任何坚固的防御，能够钻进人的血管和神经。侯老爷丢掉香烟，伸手掀开棉布门帘，挺身走出车外，暗淡的天光之下，马正在颤抖。他好像赤身掉进海里，浑身冰冷麻痹。但是他昂然站定，望着墓园，那一座阴森森的黑松林像一座极大的坟墓。他睁大了眼睛望向墓园，觉得那座大坟墓里面也有眼睛炯炯地望着他。

这回他知道要发生什么事了。

一声惨厉的长嚎顺着松树尖顶朝天而上，好像一只又一只高速转动的螺旋，钻天入地，留下寒冷坚硬的原野所发生的共鸣。两匹马中的一匹好像在战场上遇见伏兵一样，两耳直竖，鬣毛张开，仰起脖子，哗啦啦地长啸，努力抵抗这原始性的恐怖……

风寒加上惊吓，回家以后，侯老爷一连发了几天的高烧，说了几夜的梦话。这几天大雪封门，更增加了侯家的烦闷。看起来侯老爷的病似乎沉重，但是这一天忽然睁开眼睛，声音虽然微弱，但两眼依然有他的神采。

他问今天初几了？

他的十个儿子、九个侄子、十二个成年的孙子都在床前，大家抢着回答：今天二十九。

那么，明天是除夕了？

是的，后天就要过年了。

他在床上挣扎，要家人扶他起来，从床头拿着手杖，拨开拦阻他的人。他问：

有现成的香烛供品吗？

回答是，有！

来，跟我走！

一群家丁搀着他上车下车，走进祠堂。他带领子侄们对祖先牌位焚香磕头，喃喃祝告，又要家人扶着他站好，严厉地吩咐子弟们，今天夜里无论如何要去打死那些邪鸟。要不要带家丁去？不要。能不能等雪停了再去？不能。这是侯家的兴亡大事，只有侯家的子弟能站在侯家祖宗的坟顶上放枪，让祖先的坟前染血。为了使侯家的祖先在地下瞑目，为了使后代子孙不致流离失所，你们一定不能让墓园里的夜猫子活到大年夜——如果你们还配做侯家的子孙。

侯老爷一面说，一面发抖流泪，可是他的两眼仍然炯炯有神，他还有力气跺脚。

当他说到最激动的地方，子孙们一起跪下谢罪，发誓照他的话去做，求他赶快回家休息。

侯老爷重新回到床上的时候，用尽力气说了一句：

“你们快去，不要管我！”说完就晕过去了。

侯家的子弟个个不含糊，他们分头散开再聚在一起的时候，个个穿好冬天的猎装，由头到脚全是上等保暖的皮货，九个指头藏在毛茸茸的手套里，只露出右手的食指准备扣扳机。夜猫子在白天是瞎子，看不清周围环境的变化。他们一个个溜进墓园，小心不发出任何声音，除了皮靴踩在雪地上细碎的响声之外，就只有他们自己的呼吸。

这些子弟兵的位置事先经过详细的研究，他们的枪能够瞄准任何一棵树，他们靠近树干或石碑，站定位置以后再也不动，成了那树干或石碑的一部分。西北风穿透他们的猎装，刮他们的骨头，他们也咬牙忍住。

时间一分一秒地过去，夜越深，寒气越重，射手们把露在外面的食指含在嘴里不让它冻僵。他们等待夜猫子出现，夜猫子在留心观察四周的环境。寒冷像刀刃一样越磨越锋利了，他们实在忍不住了，他们知道夜猫子也忍不住了，就鼓励自己的热血再支持下去，跟残酷的大自然竞赛。

又过了好久好久，终于一棵松树发出沙沙的响声，它带来了一阵空前的紧张，可是又平静下来。平静的时间很短暂，大概树上的那个家伙认为到了自己可以肆无忌惮的时候，就从枝丫间伸出头来得意地狂笑，那种难以形容的声音可以使十里以外的人毛骨悚然。那地方正是火网的中心，十几支枪一起喷出火来，射击的位置、角度是那么适当，每个人都觉得自己打中了目标，可是他们并不停手，继续朝刚才发声的地方轰击，把这一夜所受的辛苦都从枪管里发泄出来。

枪声停止，他们开始说话，可是谁也听不见对方的声音，因为他们的耳朵暂时被枪声震聋了。点亮马灯，看见满地的硝烟笼罩着片片残枝碎叶。他们从一摊暗红色的血渍中提起一只羽毛零落的鸟尸，高举马灯，看了又看，大家点头："这就是了！"

第二天早晨，这件事传遍了侯镇，大家都说侯家可以舒舒服服过年了。其实世界上的事情总有缺憾，侯家的男儿没有参加新年的一切活动，都躺在床上疗养自己冻伤的部分，有的冻伤了脚，有的冻伤了脸，最不堪收拾的是每个人右手的食指都开始溃烂，以致必须到医院里动手术锯掉。我小时候看见过这些缺一个手指头的人，不必经过任何介绍，别人自然会知道他姓侯。

最美和最丑

每人讲一个最美跟最丑的故事，很好。你们每一位都已经讲过，最后才轮到我。这时候，夜已深，你们已经非常疲乏，屋子里的火炉快要熄灭，而屋子外面的露水正凝结成霜。

我不想讲什么，可是不能不讲。你们未必想听，也不能不听。当初的约定像绳子一样捆住我们，无法解开。你们在前面浪费时间太多，在最后残余的一刻，我必须把故事浓缩得非常简洁，让你们听了以后承认这不但是最美与最丑的故事，也是最好的。

同时，这故事也是最真实的，一切我亲眼看见，亲耳听见，正如你们正在看见我，听见我如果有谁不信，可以看看我妻子手上的戒指，你们都见过那只戒指，上面镶着一粒晶莹的珍珠。我讲的故事，就是这颗珍珠的来历。

这颗珍珠，本来戴在一位娘娘的手上。你们见过娘娘没有？我见过。那时，抗战胜利，在北京。她的丈夫是“满洲国”的皇帝，你们都知道那皇帝的下场如何。她在变乱中逃走，跑到北京，定居下来，因为她本来就是北京人。啊！那是二十五年，不，二十七年以前的事情，我们复员，回到北京，自认为是年轻的英雄，有资格怜爱别人，经常给饭店里的侍者过多的小费，大把抓辅币给乞丐，为满足女店员的期待而乱买不必要的东西。我们时常去看那位娘娘，同情她的遭遇，而不承认那是为了满足自己的好奇心。

想想看，多有意思，在 1945 年，还能看到一个娘娘。这就好像你已经长大成人了，忽然发现童年时期的玩具完好如新。好像考古学家看见了刚刚出土的殷商铜器，好像在最能够代表现代文明的摩天大楼里面挂上原始非洲人的脸谱和模型。那种新鲜、那种刺激、那种快乐、那种优越感、那种兴奋！看娘娘去！看娘娘去！就是今天，你们今天说看少年棒球队去，也不会比我们更响亮、更轻快、更踌躇满志。

告诉你，那个娘娘二十二岁，绝对美丽。二十年来我奔波了四千多公里……由繁华的都市到最迷人的都市，到最糜烂的都市，再到营养学和化妆术最发达的都市，从没有见过一个女孩子比她更漂亮。她既然是娘娘，就不能与穷苦的爸爸、妈妈、哥哥、弟弟、姐姐、妹妹聚在一起，需要单独的住处，她以为应该这样，她的爸爸、妈妈也以为应该。她那间临时租来的“皇宫”很小，砖瓦破烂，屋子里只有一张床、一张桌子、一条长凳子，还有一只古色古香红漆描金的木箱。我们去了，就坐在长凳上，她的态度是不招待任何人，也不拒绝任何人进门，她只是端端正正地坐在床沿上，双目下垂，一只手压在木箱上，不看、不听、不说、不动。据说，除了吃饭、睡觉等必要的事情以外，她整天这样坐着，不管屋子外面发生了什么事情，甚至也不管屋子里面发生了什么事情。

尽管她比海还要沉默，比山还要端正，尽管她把自己坐成一条虹，可是我们这一群年轻的单身汉还是常常去看她。只要有一个人说看娘娘去，其他的人就毫无异议地跟着走，而每星期总有一个人或是两个人这么说。我们塞满了她的小房间，自己谈天说笑，甚至后来我们自己带了啤酒酱肉在她的桌子上大吃大喝。她好像没看见我们，而我们也装作没看见她。

慢慢地，我们知道了很多事情。我们知道娘娘发誓不再结婚，她从她的皇宫里逃出来的时候随身带了一包首饰。她变卖首饰维持生活。她已经对她的父母、对天、对地立下血誓，什么时候首饰卖完、吃光，她就自杀。她吃得非常少，尽力节省用钱，也就是延长她的生命。慢慢地，我们又发现，这位娘娘的处境，虽然艰难，但是，还能够有一个太监来伺候她。这位太监由关外逃到关内，听说北京有一位娘娘，就跑来向她报到。他在郊外找了一个容身的地方，每天早晨进城到这一间光线暗淡、空气污浊的房子里，跟娘娘请安；把整个房间收拾得干干净净，替娘娘买菜做饭。饭做好了以后，他绝对不肯留下来吃，连一片菜叶、一粒米也不肯沾，他回到郊外的茅草房里去啃他又冷又硬的窝窝头。

我们又有事情好做了——看太监去。

太监已老，弯着腰。我们第一眼看到的是他的秃顶和头顶四周稀稀落落的白发，然后我看见他发肿的眼囊，残缺不全的牙齿，黄澄澄的白眼球。他的态度跟娘娘完全不同，非常客气地请我们进去，可是房子太矮了，我们进去以后又退出来，在门外站直了身体跟他说话。我们很想知道一个太监怎样成为太监的，但是他什么也不肯说，无论你用什么方法，只能听到他一句话："先生，何必谈过去的事情？那连一点意思也没有。"

双方僵持了一会儿，这位太监有了新客人，一个人带三四个人。那个带头儿的人显然是一个向导，另外三个人显然是游客。太监非常客气、非常熟练地把游客请进屋子里，看见屋子那样的肮脏、矮小、黑暗，有一个游客站在门口迟疑了一会儿，最后终于下了决心跟他的同伴一块进去了。太监关上门，把我们关在门外，那个向导也留在门外，他自己点上一支烟，问我们看见了没有。

看见了什么？

你们不是来看太监的吗？

是的，我们已经看见他了。

你们怎么知道他在这儿？还有，你们花了多少钱？

花钱？我们一块钱也没花。

那怎么可能呢？你们不花钱他吃什么？说句不客气的话，我又吃什么？

我不知道向导说什么，就仔细追问。那三个人都是来看太监的吗？是的。都是你带来的？

是的。他们来看太监要花钱？当然。为什么要花钱？向导愣了一下，反问我，不是为了钱，谁肯脱了裤子让人家看？说完，他看看那扇紧紧关闭着的门，自言自语：这些家伙怎么还不出来？看得那么仔细！

他又回过头来对我们说：你们一定还没看过。你们一定没有找到门道。如果你们肯花钱，这件事情包在我身上。他很坦白地对我说，不看实在可惜，这是唯一的机会，以后不管你花多少钱，也不可能再有太监让你看。

他见我们不作声，又用煽动的语气说：这是一个真正的太监，很多外国人来看他，看完以后都表示非常满意。钱是花了，可是一点也不冤枉。

我们这才明白他所谓看太监是什么意思。我们同时明白关在屋子里面的三个人跟那位满头白发的太监正在做什么。我们弄清楚了这个向导和那个太监生活的办法。这实在太丑恶了，这是我一生之中所知道的最丑恶的故事。这个巨大的、重要的意外发现，把我吓呆了。我们都没有反应，不知道说什么才好。在我们失去反应能力的几分钟，门开了，太监捆他的腰带，游客开他的皮夹。太监弯着腰，客客气气把他的主顾送出门外，那么大方，那么老练，就好像北京百年老店里面训练有素的店员。

我仔细观察太监的表情，他一点也没有惭愧的表示。每天下午，他在这里等生意上门，第二天上午，诚心诚意地到娘娘住的地方尽他的本分，有人听见他说过，如果不是娘娘在，他早已不活了。看起来，他真的说过这句话。他从娘娘住的小屋子里找到了生命延续的理由，只要能够伺候娘娘，活着就值得。既然有理由活下去，那么，维持生活的手段也有理由。他不让我们看见他的悲痛，在他眼里，我们不配，尽管我们能够出钱看见他的残缺。他是替娘娘卖首饰的人，娘娘什么时候没有钱用，就拿一件珠宝交给他，他弯着腰慢吞吞地走出去，好久好久以后，又弯着腰慢吞吞地走回来，双手捧着钱，浑身发抖。他望着娘娘接过钱，锁在木箱里，坐在床沿上，一只手压在木箱的盖子上，眼泪一颗颗掉下来。他就朝着娘娘跪下，脸贴在地上，呜呜痛哭。娘娘的邻居都经常听见他的哭声。卖一次首饰哭一次。只有娘娘看见他的悲恸，虽然娘娘并不一定真正明白他的悲恸有多大、有多深。

后来，我离开北京，美和丑还是深深印在我心上，遇见从北京来的人，就向他打听，想知道娘娘、太监的生活方式是不是有了改变。奇怪，那些人能说出北京市的鸡毛蒜皮却不知道有这么两个人。太不可思议了，因为在我心目中，那是一对赫赫有名的人物，他们的重量夜夜压在我的胸口，使我在梦中狂叫。怎么，难道这两人只有对我而言才存在……以后，世界一分为二，再也不会有人从北京来，再也不会有娘娘的消息，这个最美同时也最丑的故事，也就从此没有了下文。

网中

晒网的日子，一张又一张渔网在木架上挂好，这个渔村连那个渔村。海水把粗实的网浸黑，腌重，厚沉沉垂下，挺直。这是青山的发网，大海的坐标，渔家的长城。这是透明的长城，有方格的长城，有带盐的海风，不见烽火。

他们的家在长城里，太阳和风来自长城外。落日把晚霞烧红，强风把挂着的网鼓起，好像网里住了晚霞落日，裹住一团炽烈，好像那火球满网挣扎，企图将网绳烧断。风将那一团炽烈吹旺，苍茫大海浇不息那燃烧，烧得那一方格一方格更透明，网索更黑，不是鱼死，就是网破。正是这样，网去捆住网中人的生之欲，去捆岩浆，去捆无定形的浪花。

那网再被掷回海里，敲破水面，敲破有白纹的蓝黑色大理石，当一方格一方格的青天压下来，新肥的鱼惊跃，水花粼光，一时成鼎沸的银炉。渔人的女儿是最精美的海产，她是丰满的、裸露的，紧紧裹在海上的劲风里，裹在高密度的水分子里，裹在渔郎们交缠的目光里。交缠的目光织成另一种网，她是另一种鱼。这是网的世界,成排的树影纵横如网，鱼塘里的竿交叉成网，涟漪荡漾，礁石斑驳，都带网的形状。鱼无所不在，网亦无所不在。乱发遮面时，网罩在她的头上，万念交集时，网粘在她的心上。网啊网，鱼无所不在，网亦无所不在。网啊网，她属于你，你属于一方格一方格的透明，每一方格属于碧海青天，海天属于不可知。

这天，晒网的日子，沙地上，隔网走来几个打着花绸阳伞、把高跟鞋和尼龙袜提在手里的女人和几个戴黑眼镜戴鸭舌凉帽的男人。他们很喜欢这长城般的网阵，举起照相机，不断照那一系列，照那网眼后面龙钟的老太太，照网后的大海，那青蒙蒙的海，那使人看到太广太远的地表面，看到地表面的摇动骚乱而觉得恐惧的大海。男女老幼从渔村里跑出来看他们做什么，他们把看热闹的人一并照进去，并且特别要求一群五岁到七岁大的孩童站在网的阴影里。不打渔的人也这样喜欢渔网吗？他们何不买一张大网带回家呢……

窃窃私语未已，没想到那个从远方来的女人动手脱本来就穿得很少的衣服，而且毫不迟疑地脱光，面对观众如面对空气。除去一切遮蔽之后，她显得细腻光滑。在镜头前，她背向海与天，双手攀网，做出因为不能越网而痛苦焦急的表情，好像后面有噬人的海怪。这动作重复了十几次，直到她表演成生命意志受阻的象征。稍稍休息，他们又把一丝不挂的人体放进一个兜形的吊网里，视她为刚从海中捕到的鱼，她在网中俯着、蜷曲着，又像死掉一样挺着，臂和腿把网撑出不规则的角来；最后她在网中像突围的鱼奋身跃起，让相机捕捉她在网底腾跃的刹那，成为人类处于困境和对命运抗争的象征。经过反复表演，她太累了，累得由同伴把她从网中抬出来，裹在浴巾里，放在阳伞下的沙滩上，喂她喝带来的可口可乐。这件事不能不轰动，渔人们为她放弃了所有的正经事。即使她已和同伴们回程，在网外消失，仍有迟到的观众闻风而至，看那空网，看他们在沙滩上的烟蒂，看他们离去的那条路。这事在渔村里渔船上谈论了好几个月。渔女们变得很沉默，鱼一样沉默，晒网的日子，坐在网前出神，或者站在那儿抓着网索向外看。夜晚，在礁石后面，她们给情人日益冷淡的嘴唇。她们被启蒙了，她们醒悟自己在网中，发现网外的世界。网啊网，你是我的长城，也是我的监狱。网啊网，你裹住了满网的火球。一方格一方格的，透明太少。看哪，网外的世界何等广大、何等充实，那飞机如鹰隼翱翔的世界，那火车渺渺如蚤的世界。

于是渔女相继而去。精美的海产外流，当第三批探险者离乡远走时，先走的第一批已久无家信。都市是另一种恢恢之网，她们是另一种鱼，鱼未死，网亦不破。所有的鱼定要投入一种网，寻求一种透明的长城。牢狱的窗棂也是一些透明的方格。鱼不为同类结网，只有人，才会做这繁杂的手工。不设防的鱼，赤裸的鱼，在网内翻滚，或攀黑沉沉的网索，从方格中露出雪白的肌肤。渔网一重，人网千重，越过一层，前面还有；穿透一层，前面还有。直到鱼死，网终不破。

于是所有的鱼郎都失恋了。网仍在他们手里，但网不住柔情一般的水、水一般的柔情。网举起，网眼千只，清泪千行万行。每个网眼都填满波光云影，得鱼易，得人难。我爱你，我爱你，游鱼出听，行人无踪。我爱你，我爱你，旭辉把礁石染成珊瑚。晚风停，夕照落尽，方格外一片黑而空虚，我爱你，我爱你，网内网外如隔世。

这就是那个发生在网中的故事。渔村父老都会告诉你，一个模特儿如何破坏了渔村的圆满自足，如何使渔女带回私生子使渔郎带回花柳病。都市如何把吸管插进来，将渔村吸瘦，尽管鱼仍肥，网仍沉沉，网索仍粗，而且被海水浸得更黑，威严如古塞。夜空将星星镶在网沿上方，但这一座透明的长城已挡不住什么。

与我同囚

理发店里的椅子对谁的屁股都合适，这是莎士比亚说的。但我坐惯了其中之一张，不想换。沅陵街。靠近衣架，十一号。黑皮垫渐发白，白扶手渐发黑，“咯咯吱吱”坐下去，椅子叹息，人的骨骼作响。水龙头打开了,当心溅湿你的衣服。理一次发年轻十岁，理四百次发却要苍老十年，奇怪的数字，无心细算。一阵亚莫尼亚的气味，是那个尚未绝望的中年人在染头发。换走青春，再给你青春。愈染愈白，愈白愈染，愈染愈少，愈少愈白，终于放弃，终于绝望，终于屈服，谁来到这里都是一样。这是我说的。

“咯咯吱吱”坐下去，椅子后面对着椅子，椅子的前面对着镜子，而镜子又隔着走道隔着人，遥遥正对着一面镜子。镜子里一张脸，有点惶惑、有点灰懒、有点衰弱的脸，败兵的脸，输光了钱拂晓回家的赌徒的脸，冤狱中的被告聆判时的脸。不好看的脸！我不要看，也不要别人看。钱包藏在口袋里，念头藏在心里，脸藏在哪里？有需要必有发明，电动剪发的“推子”业已发明了，在这世界上可以专利赚钱的机会仍然很多。镜子里面还有镜子，镜子里面还有镜子还有镜子……还有镜子……镜框一个一个逐渐缩小，按照比例。平面的玻璃深陷，陷入无穷，陷入不可知，把许多镜框以等距排列，精确得要命，规规矩矩，令人难以忍受的几何。而每一面镜框有一颗头颅，一颗后面还有一颗，还有一颗，挨次缩小，按照比例，可厌的精确，令人难以忍受的几何。

多么无聊！这些后脑勺跟我的脸混杂在一起！喂，喂，你们把头转过来，以真面目示我，让我看清你们狰狞或温良。喂，转过脸来看我，大胆地看我，大胆地让我看你，不要像个侦探，背着人利用镜子的映像窥伺。小姐，别忙，这些鬼鬼祟祟的头颅是谁？怎么，先生，这是你自己呀。你的背后有镜子，背后镜子里有你的后脑勺，而你面前的镜子里又有你背后的镜子，如是而已。如是而已。

可厌的几何，每一个几何图形中有一个我，可厌的我。我必须安于这张椅子，安于这镜框式的枷，否则，我逸出，我便迷失，找不到自己。椅已破敝，理发小姐的刀已钝，指已粗糙，美丽已失去，镜面已蒙蒙，但我一直来坐这张椅子，自安也自虐。每周一次，我来看这么多的我。自己的眼可以看见自己的后脑勺，聪明人想出来的笨主意。呵，呵，我，我。我为这么多的我悲哀，一个已足，一个已够累赘。

水龙头奔泻，水珠溅上我的衣服。真对不起，今天礼拜六，生意忙。理发小姐歉然一笑。很多人在礼拜六有约会，她的观察。您今天也有约会？不是约会，是吃喜酒。朋友结婚，太太不去？如果要做头发，我们楼上有女宾部。太太要在家里看小孩不能去——其实我还没有太太。中年光棍维持自尊的另一种方式。哦，你太太真有福气。怎么？她有个好丈夫。哈哈，投桃报李，你的先生真有福气，有个好太太。哪里！我还没结婚——其实她已经结婚。公开承认已婚将损失许多顾客,她们的经验。哦,对不起。哪里!没关系。镜中也有她的脸,与我同囚。她的脸和我同样失神而沮丧。我不能描写,因为我未忍多看。我看过她的从前,不忍看她现在,花谢、月残、珠黄,而犹伪称未婚,与十八九岁的大姑娘争一日短长。粉红色的梦,白色的谎。她整天对镜,但整天不看镜子,这是她的聪明。但她把脸孔摆进镜子让我们轮流来看,是她不聪明。也许,这一切非关智慧,取决形势。她必须在这里戴枷,比我更久、更被动。

哗啦哗啦,又是水珠。小心点!真对不起。靠近水池,十一号,最坏的位置,最旧的椅子,技术最熟练的理发师。她曾经是一号,靠近门口,椅子最新,人最漂亮。然后,她一步步往里面移换,而三号,而七号,而九,而十一。肥皂的气味,洗头水的气味,毛巾消毒器里面蒸汽的气味。水珠,旧椅子,灰蒙蒙的镜子。丰富的经验,粗糙的手指,疲惫的主顾,现状很坏,但比将来好。不能再移,这里已是最后了。

所以和蔼，所以周到，所以称赞别人的太太而隐瞒自己的丈夫。

镜子，赌输了的脸。头颅头颅头颅。多余的头颅，无用的富有。如果这些头颅都属于我，每一颗头颅的前面应该有我一张脸。我渴望能把这一颗颗头颅翻转、审查，找我青春未逝去的脸，美梦未破灭的脸，冲动未消失时的脸。如果找到这样一张脸，我付万金把镜子买走。可是，找不到，翻来覆去，枉然。我把镜子打破，乒乒乓乓，手也流血。她们喊："疯子！"我的名字在她们茶余酒后流传了一两年……她已经放下手中的吹风机，拂掉我衣服上的碎发，递上来一条热手巾。结束，狂想消失，回到现实。现实是，理发使我年轻一次，同时又走向衰老一步，规规矩矩，一如镜框套镜框之井然的比例。现实是，我会再来，她也将仍在。

兴亡

农家附近，这里那里，到处可以看见家禽。鸡群四出探险，火鸡挂着绶带像仪仗队一般站在路边，鹅闭着眼睛卧在浅草里，卧成静物。

且说其中一只鸡，一只公鸡。

这一带人家都喜欢养鸡，邻居们见面，一定谈养鸡的经验。阴历年前，有人从台中带来一只芦花母鸡，送给我家，作为年礼。养鸡的人只忍下手杀别人送来的鸡。杀鸡的人刚刚磨快了切菜刀，那拴在厨房里的死囚忽然生了一个又大又亮的蛋，以致提着菜刀的手软下来。

这个蛋，暂时救了芦花鸡的性命，却断送了这一带二百多只鸡的性命，一种由台中带来的传染病蔓延扩大了，它强迫鸡的主人一律把心爱的家禽杀死或出售。这些小动物,有的被拔光了毛挂在屋檐下，不再成群结队从走廊上经过；有的用竹笼子盛着摆在菜场里，不能再到田畦间觅食。邻居见面的话题，养鸡的经验报告改成报告死亡损失的数字了。

尤其使人伤感的，是病鸡的种种神态。它们不愿意再吃什么，也不再躲避什么，死亡就要来到，世界上再没有其他可怕的东西了。主人的手伸过来，蜻蜓的尾巴扫过去，都不能使它兴奋。等到它觉得它的脖子太长，头部太重，两腿太细，不得不瘫在地上，那时，它的躯壳对它的生命就不再是一个舒适的居所了。这种死亡不会流泪，没有遗嘱，分外愁惨。主人必须在鸡儿们好像还健康的时候早早处理它们，以减少精神上的、物质上的损失。

当瘟疫袭来的时候，我家一只黄羽毛的母鸡正在照料它的十七个儿女。她亲切地呼唤小鸡，她的小孩们也亲切地答应着。阳光依然温暖，草地依然松软。可是，黄昏时分总有一两个小孩子倒在草地上伸腿，不能跟大家一同回来。她和她的孩子们，围在病童的周围，鼓励它，督促它，哀求它站起来，“站起来，再不听话，丢下你不管，看狼来了把你叼了去！”我想，她曾经这么说。咕、咕、咕，这时的叫声多沉重！而结果，每次都只好撇下病雏。母鸡虽有多方面的天赋，无奈缺少处理这一类问题的能力。她爱孩子们无微不至，但是不能阻止数目减少。

小鸡的数目减少到两只的时候，我们发现母鸡倒在走廊上不再发出“咕咕”的叫声。这回轮到小鸡站在路边督促她、哀求她，她都无法应允，只能替孩子们梳理羽毛。不久，两个小东西肚子饿了，自己在附近觅食，吃饱了，自己在附近游戏。它们利用走廊上的几只花盆练习跳高，鼓动翅膀，跳着，母鸡在相距不远的地方默默地望着。

到了下午，有一只小鸡睡在花盆底下，不能动弹，另一只站在花盆上，朝着倒在地上的战友啼唤。它们的母亲忽然站起，用一个跛子似的步伐走过来，翅膀一直跟地面摩擦，支撑着倾斜的身体。她躺在小鸡的旁边，啄它的羽毛。

在这场瘟疫里面，那只母鸡死了，躺在花盆下的小鸡也死了。站在花盆上面的那个小可怜，谁也不指望它能活。可是，它居然活过来，成了大劫之后仅存的生命。

这只小鸡，在家族和朋友全部死光之后，似乎受不住恐惧和寂寞，渴望能跟主人做伴。主人做饭，它跟进厨房，主人午睡，它跟进卧室，啾啾唧唧，不离开主人的裤脚。倘若把它赶出去，它就在走廊上，用它当初站在花盆上哀悼死者的声音，啼唤不休，使人对它产生异乎寻常的怜惜。我们把它捧在手里，把它放在书桌上，把它安置在饼干盒子里，以打断它那令人心碎的叫声。小孩子把碎米捧在手里，送到它的嘴边，以激起它的食欲。

后来，它稍稍长大，渐渐显露出了雄鸡的特征。它竟然趁主人上菜场时在后面追赶。它竟然在主人做针线时伏在脚旁，它竟然从鸟的天性中增添了类似狗的天性。看哪，由于羽毛生长的关系吧，它全身发痒呢，它闭上眼睛，扭弯颈项，努力去啄毛孔呢。看哪，它的小主人竟然用火柴棒替它搔抓呢。它站起来，并不逃走，竟愉快地接受小主人的好心呢。

“这只鸡永远长不大了。”

“这只鸡，养到现在还像一只雏鸡。”邻人说。

经过一场残酷的瘟疫，所有蒙受损失的人都发誓永远不再养鸡。可是，一场倾盆大雨又把希望浇活了，他们相信疫症已被雨水洗去，他们要恢复到鸡棚里拾蛋的那份快乐。他们把各种颜色的小鸡从市场里搬到家中，养鸡的经验又挂在嘴边。走廊上又印着它们的脚印了，下午又常有主妇们唤鸡的声音了。这时，谁也不能再否认那只鸡业已长大，它亲眼看见一个社会的覆灭和另一个社会的开始，这已够使它成熟。它的行动活跃起来，仿佛是，这些同类使它记起，它也是一只鸡。

一天中午，这只雄鸡忽然发出长鸣。不再是啾啾唧唧的声音，是一种独立生存的口号，是一篇成年的宣言。听起来，声音里充满了生气、活力，跟它父亲的一代在完全幸福的日子里所发出的声音同样兴奋昂扬。我们都怀着惊喜的心情跑到户外看它，原来它有客人，一只少女型的母鸡正和它并肩散步。是这少女唤醒它的自觉、使它想起了责任和尊严吗？从此，它是一只真正的鸡，一只雄鸡。

看起来，那一声长鸣也是爱情的呐喊。根据已知的事实来推断，它将要拧死一条小虫放在她的面前；她将要为驱逐远来的流浪汉而战；它将带着她到处寻找适宜生蛋的地方，它特别重视她的“第一胎”，那时，她伏着，它静静地站在旁边注目看她，等待完成。不久，这里那里，将恢复母鸡报喜的“咯咯”之声，将恢复雏鸡觅食的“啾啾”之声，一如瘟疫没有来的时候。

邂逅

下午四点，金港餐厅一切都准备妥当。羊脂色的大吊灯一尘不染，在刚打过蜡的拼花地板上映下自己的影子。一排排方桌上摆好发亮的铜器，白桌布烫得很平，从桌沿垂下来，拉成很挺直的褶纹。餐厅一边的墙装了落地长窗，相连的一边墙上放大临摹了顾恺之的画。加上幛幔，角落上的冬青，一排U形烛架上安详的光，肃立无哗的侍者，显得很庄重。

金港餐厅不是为我们。我们三个是经过门口的，偶然想在大餐厅里喝一小杯咖啡。日本瓷很细，由南美贩来的咖啡豆很褐，惹得我们谈女人用资生堂水粉饼修饰过的脸和黑奴在主人的领地上粉身碎骨后的凝血。小喇叭吹得美丽又哀愁，美丽有名，哀愁无名。无名的哀愁像久被禁锢的精灵脱锁逃逸，向玻璃长窗上撞碎。音符在我们头颅四周浮游，在顾恺之仕女眼底浮游。白铜烛架像栅栏，也像键，供音符游出游入跳上跳下。咖啡杯沿也沾上了弦颤。可是这一切并不是为了我们。

正觉得坐在空荡荡的厅里太奢侈、太僭越，侍者一躬身拉开玻璃门，她走进，一个漂亮的女孩子。我们精神一振，有点紧张，觉得自己是客，而主人来了。她向着有长窗的一边走去，那一带，今天还没有落上任何人的鞋印。她靠窗坐下，吩咐了侍者，然后向窗外注目，望着那条有杜鹃花的小径。小径无人，花正开，有零瓣缓缓落下。

这期间，我们看清楚她是美人，一尊能够不发一言就使男人改变的神。男人用青春幻想铸造神像，时时拂拭，时时修改，直到她出现，一尊雕像才完成。刹那间，我们想起王羲之《快雪时晴帖》、桂林山水、中秋月、晚明小品、玛格丽特的婚礼。我们像在湖心的舟中漂着、漂着，在船中的水晶球中望见她在海底有珊瑚礁石的地方潜水。

她出神似的望着窗外，她像希望能从那条小径上望见什么，对送来的咖啡既不喝，也不调。可是一切没有白费，侍者把餐具擦得如此亮，有南美横渡大洋的咖啡豆被磨得如此碎，摹古的画家伏在那面墙上工作了三个多月把顾恺之的卷轴变成浮雕，都没有白费。这一切都有意义。爵士乐仍在空中潜泳，挣扎而不屈服，呼喊而哽咽。这一切都为她，而她心不在焉，只向长窗之外出神。

透过长窗，可以看见一辆游览车驶近。一群观光客涌出车门，涌进餐厅，迅速占领了中央的袋形地带。几乎是同时，这些中年男人傲慢地呼叫侍者。几乎是同时，他们点上长寿烟或菲律宾产的小雪茄；几乎是同时，女人们一面打开化妆箱，一面扮演菜市场里的长舌妇。音乐在野蛮的入侵者面前败逃；烟与喧哗使内部透明的水晶宫成为一片污浊险恶的波涛。这一条汹涌的浊流把我们和她隔开，在对岸，她仍然注视长窗之外，没有向这一群人看一眼。

长窗之前的光，是蓝天白云直泻而入的自然光，这光笼罩着她的脸，很圣洁。她的眼睛像晴空一样明洁无垢。只隔一张桌子，那些浮躁的观光客脸上带着酒食征逐造成的微肿，那些眼睛，即使有烟雾，仍然射着在事业的狩猎场上锻炼出来的凶光。这些凶光能穿透烟雾，去刺亲密的游伴。这一群庸俗的恶客填进来，把大厅的中央部分填成一个鼓起来的猪胃，我们在胃外，她也是。她仍然出神地看那小径，小径旁，杜鹃花瓣已落得很密。

我们看不见窗外，却能看见她的眼睛，从她的眼睛里望见晚霞，望见归鸦，最后望见星星。无论如何，我看不出她为何要在这里呆坐枯等。观光客等晚舞，我们等着看她，她等什么呢？有什么值得她这样痴心地守候呢？也许，“等待”已成了习性，成了生活方式，坐待时间杀人，忘了起身去杀死时间。时间使窗外变黑，使侍者拉上窗前的幔，全厅归由灯光统治。灯光下，顾恺之留下的淑女注视她，她也注视那历史。一千多年以前，女人保持着良好的教养和坚贞的爱情被时间杀死、侵蚀，今日仍将如此，以后永远如此。有历史感的人因此痛苦不宁，这画，根本是一种邪祟、一种精神虐待。

忽然，她哭了，在出神呆望了四个小时之后。侍者停步，观光客噤口止声。大厅像壁画同样静默。她发觉这不正常的静默，发觉自己的裸露，就在桌上放一张大钞，起身径去。“啊，我以前见过她。”男性观光者说。“我见过她跟一个男人。”女性观光者说。所有的男观光客都希望她是一个娼妓，所有的女观光客都希望她是一个弃妇。而她，在厅外继续走，走向霓虹灯缀成的流金，走向那金碧辉煌的沙漠。以后，我们没有再看到她，也没有机会再听那张唱片，那吹得既美丽又哀愁的小喇叭。

旧曲

旧曲听来空遗恨……我是太阳，我是永远不灭的火，我是光明所有者……热血滔滔，热血滔滔，像江里的浪，像海里的涛……旗正飘飘，马正萧萧，中国人，万古不灭，英雄无名……昨夜，梦魂溯时间之流而上，重新出入于雄伟而古旧的合唱中，音波如浪，将他自时间的流沙下浮起。余音如丝，在他的隐意识上刺绣，余波穿体而出，绕于梁，通于夜，化入大野，大野沉沉睡去，繁星俯视下，万户各自锁住一方黑。静，静如一切未曾发生前，静如一切业已结束后。远处，第一大城的路灯，环绕守护霓虹的残烬，残烬明灭，车灯比流星更飘忽。这不是太古，不是末日，是现代，是二十世纪。

那些歌不属于此时，那些是旧歌，旧如出土的石器。当中国的空气为它而震动不已时，它伴着大河的咆哮，峻岭的喧哗，古道的颤抖，雹击万里长地平，奔兽与雷电争路。如今，如今，第一大城市由静夜中逃出，市声由百货公司逃出，寄生虫成群向都市的心脏涌进，轰轰烈烈，寻寻觅觅，海狗丸、威士忌、入场券、出境证。大楼的冷气机往外滴水，银行的电扇往柜台里吹。高度传真，三十三转不碎塑胶长时间唱片，问你为什么掉眼泪，难道你不明白为了爱……眼泪流下来，流下来……五月的风，吹在花上，吹在树上，吹在天上……情人，情人，我怎能忘记那夜半醉人的歌声……我将如何，我将如何……不知是世界遗忘了我们，还是我们把它遗忘。歌声如河流，行人如载浮的蚁，任其推送，任其冲击，任其淹没。灵魂的洪水季，每个人去抓一片浮木。看那些长的脸，圆的脸，瘦骨嶙峋的脸，圆肥下垂如熟透了的柿子的脸，飘过去，飘过来。相遇一瞥，此外麻木。这些麻木的脸，或被日光灯漂白，或被霓虹灯烤黄，或被雨和泪浸硬，最后再被太阳弄干弄皱。你们何处来，何处去？昔日可曾在漫天黄尘中相逢未相识？可曾听过、可曾记得那些绝响？

你不会忘记，那歌声好高骛远如云，坚强似铁，敏锐如感光软片。从灵魂深处唱出，听入灵魂深处，唱到南，唱到北，同声相应。以幻想中的魔毯载家书，家人从全国地图上猜游子的行踪。燕子，燕子，可能将我私语寄家乡，告诉那绿衣女郎……行尽千山万水，几十年不知药味，拂魏晋古碑而卧，凿冰饮河，掬月赠爱。无酒无花，无守护神，无香罗巾，有尘土云月，有稚气，有梦，有歌。歌者同为时代之神的次子，纵三十年的河东面目全非，亦能从歌声中认出别人及自己。他永远不能忘记，不能忘记。

而今，时间已远，空间已远。乡音尽改，乡梦模糊不清，陌上无花，林中无子规。人有情，时间无情，眼见陋巷成通衢，桑田又变成新巷，满巷的儿童转眼成为满校的大学生。三十年脱胎换骨，今我已非昨我，头发逐渐移到颏下，成为胡子；心脏从初恋的爱人那里收回来，交给循环系统的专门医生。报恩之志犹在，但已忘了施予者的姓名。那树干上刻字的乔木已摧折，绿衣女郎已嫁，已老，梦醒，歌失。一身之外无物，一身之内只有回忆。回忆最苦，最苦是对花对酒，对酒当歌，歌声咽。新曲洋洋盈耳，五月的风，吹在花上，吹在树上……不知是世界遗忘了我们，还是我们把它遗忘……忘不了，忘不了，母亲的眼泪，爱人的红唇。往事是一笔负债，一副十字架，安得神医操刀一割，能割去人生的记忆，使他单纯如婴儿，一切重新开始，不知有昨，不知有旧曲。旧曲听来空余恨。

苹果坠地时

公共汽车也有不挤的时候，例如夏天的中午。

亚热带的夏天，晴朗的中午，凡是能按照自己的计划支配时间的人，都知道他这时候应该在屋顶下、电扇前，那不能按照自己的计划支配时间的人，只好依照别人的计划，搭乘公共汽车。那时，五十年代，铁皮围成的车厢闷热，没有冷气，车窗也没有窗帘。那时公车靠窗摆列长凳，中间是通道，也是乘客站立的位置。

中午，车向西行，车厢的一半向阳，一半向阴。有一个乘客中途上车，他看见有一条长凳空着，走过去，坐下，“啊哟”一声又站起来，浴满阳光的木条如热铁一般烫人。他这才想起来，难怪乘客都向一侧集中，半边肩靠肩坐满长长一排人，半边空荡荡没有一个人。那天，那时，台北市所有东西对开的公车都使用一半，废弃一半。

看那长长的一排乘客，排头第一个，一个母亲带了一个小女孩，排尾末一个，也是一个母亲带了一个小女孩，她俩互不相识，分别坐在长凳的两端，中间隔着许多陌生人。排头的那个小女孩，手里拿着一个苹果，那年代，苹果还是进口的奢侈品，特别引人注意。片时同车，人生中毫无意义的聚散，一件偶发的小事把她俩联系起来。

车身猛烈地震动了一下（那时马路上常常有坑），苹果由小手里掉下来，顺着这一排乘客的脚尖滚，车子往前开，冥冥中有一股力量向相反的方向牵着苹果。制造汽车的人为了清洁工人便于冲洗，在脚下的板面上设计了一行一行直线形的凹凸，现在正好做苹果的轨道。苹果的色泽鲜明照眼，孩子的表情天真可爱，加上母亲又很美丽，座中的每一个男士都弯腰向苹果伸手，可又不好意思太热心，刹那间，多少条手臂次第伸直，好像旧式商船的一排桨，可是谁也没有拾得。

长凳末端的那个女孩把眼睛睁大了，她以一个女孩对心爱之物特有的敏捷，把滚到面前的苹果双手抓住，捧在胸前。然后她定睛看排头的那个女孩，苹果原来的主人，而那个孩子也一手扶在母亲膝上，向对方注视，两人谁也没说什么，谁也没做什么，各自想着自己的心事，并猜测对方的心事。她俩都很讨人喜欢，都被母亲打扮得十分精致，如果这是一幅画，作画的人都忍不住在她们每个人的掌上画一个又大又红的苹果，可是现在苹果只有一个！车上的人望着两个母亲，两个母亲望着自己的孩子。

很快，拾到苹果的一方作出决定，她一手举着苹果，一手扶在众人膝上，歪歪斜斜地走到失主面前，只听得那个美丽的母亲在嘱咐：快说！谢谢！这一个女孩照说了，把苹果接过去，那一个女孩一转身，仍然想扶着众人的膝盖，她的手落在众人的手掌上，大人们纷纷伸手迎接，一排大手搭成一条有弹性的栏杆，此起彼落，只听得一串“好孩子！真乖！”。

她兴奋得连呼吸都有些困难了，好容易，像经历了艰苦的奔波一样，连头扑进母亲的怀里。母亲的嘴唇在她耳朵旁边扇动，我想，大概是说，下车后，我们买一篮苹果回家！

辑三

情人眼里沙子变星星

小而美

作品，有小而美，有大而富。

小船小桥小渡头，细雨临风岸，大舰大船长虹长堤，云霞出海曙。

小饭店可口小菜，好邻居小村小镇，美好回忆小河旁边小花小草一只小手。

有人需要嗅窗前一盆兰，有人需要看窗外水泥森林。

有人需要拳头，有人需要指头。有人需要华山，有人需要太湖石。

小而美的作品，幅度小，密度高；数量少，质量高；人力小，智力高；读者少，兴致高。

小而美的作家，为了小而美的读者。小众，分众，山羊绵羊自成一类，同声相应，同气相求，人之相知，贵相知心。天上一滴泪，地上一个湖，人间一口气，天上一片云。小而美追求高度，大而富追求广度，各取所需，各有因缘。

水族启示录

月晦时不要忘记天，天上有星河。退潮时，不要忘记海，海滩有贝壳。

浪潮退回去，泥泞如浆的海滩上什么也没有。忽然，无数的小鱼从泥浆下面钻出来，用尾巴支撑身体，不但站得直，还能睁大了机警的眼睛东张西望。据说鱼的眼睛望不远，可是就在那造次颠沛的一瞬间，就在你又惊又喜还不能决定是惊是喜的时候它们找到了海。说时迟，那时快，趁着土壤里还吸足了水分，它们用尾巴的弹力，一半是跳跃一半是滑行，朝着海的方向疾驰。是海浪把它们赶出来，也是海浪把它们接回去。其实海浪没有意见，全是运气。

有些贝类也能慢慢爬回去，一定是朝着海水爬行，不会弄错方向。有些鱼，尾部的骨骼折断了，死在海滩上，那些幸而生还的，也难保不被鲨鱼吃掉，虽然如此，它们仍然全力归海，因为它们是水族，对海永远有幻想。

牙疼时想到的

*

“宁为太平犬，不做乱世民”，人以为含有至理。

我没养过狗，近来养猫，才知道“太平猫”的处境也很辛酸，主人要阉割它，不准生育，又把指甲全拔掉，防它抓坏地毯和沙发。

宠物店专门为猫准备了零食、玩具、牙刷、牙膏、爽身粉，兽医为猫准备了预防疾病的注射。请问太平猫，划算不划算？

*

强者退一步，虽败犹荣；弱者退一步，无处容身。

*

二十岁，什么都不懂。

四十岁，懂得了，看不开。

六十岁，看开了，还是不懂。

*

如果没有元旦，世人将忘记他今年几岁。

如果没有镜子，世人将忘记他有几条皱纹。

如果没有账单，世人将忘记他每月赚多少钱。

如果没有电视，世人将忘记世上有这么多愚人。

*

“自古英雄爱故乡”，可是“古来衣锦几人还”？

“富贵不还乡，如衣锦夜行”，说这话的人自己也没能回去。

*

冬天，气象预报说，今天气温华氏五十度。

春天，气象预报说，今天气温华氏五十度。

常常留在室外的人都知道，尽管都是五十度，人的感受大不相同。奉劝世人莫太相信数字。

*

月亮并非光洁的薄片，它有厚重的头脑。

*

逝者，如斯夫！世事无法重新再来一次，只有博弈可以，所以世上有赌徒。

许多人视生儿育女为自己的再生，他们照顾孩子成长时，仿佛自己又活了一次。所以他们过分地钟爱儿女。

*

我到四十岁时才明白，金丝雀和守门犬绝不能过同等的生活。

我到六十岁时才明白，即使是牛马，也有血牛汗马的分别。牛身上有血，鞭子抽出来的血，缰绳磨出来的血，马身上只有汗。

*

我不能把一滴水从河水中分开，

我也不能带走整条河。

*

拾一片红叶夹在自己写的书里，书都太薄了。

红叶在纸上留下伤痕。

文字托起尸体。

*

强者找战斗位置，

弱者找藏身之处。

*

雨点落入池中，

粉身碎骨画一个圆。

*

宗教：仪式挂帅则近乎伪，神话挂帅则近乎巫，哲学挂帅则近乎迂，难得三者调和得宜。

写诗的理由

我已读过《吃西瓜的方法》，我还得知道挤柠檬的方法。一盏柠檬是半盏柠檬水的容器，密密的纤维只合看作海绵。怎样干净地、灵巧地、简便地把精华取出来，前人有许多方法，后人将增添更多的方法。每一个柠檬是一首潜在的诗，挤柠檬的理由是写诗的理由。

夜晚工作的人损失许多早晨。我不说早晨比夜晚好，我只说，人在早晨有诞生的感觉。必须光已使天地连接，必须每一颗星星化成露珠，必须草在众生之先苏醒，地平线海平线必须赤裸，人也赤裸，以清凉的空气为皮肤，忽然日出，来不及屏息。早起的理由是作诗的理由。

母亲节来了，又走了，应时畅销的货品不仅有康乃馨，还有过敏药。花粉热叫人假伤风，伤风使人温柔，想起母亲照料时伸出温软的手。初患者被每一个喷嚏困惑，宇宙太神秘，怎么花粉也牵动我们神经，改变我们生理，组合我们的语言。语言可以是另一种花粉热，患过敏症的理由是写诗的理由。

然后，我对神说，这世界有诗，有许多好诗。你一定知道，还有许多许多尚未产生的好诗，你也早已知道。一切世人在起心动念之前，你已洞察，你是古往今来所有诗人的第一个读者。世界是“诗”的沙龙，你是沙龙的主人，诗未毁灭前，你不毁灭世界。我祈祷，不问神是否听见，甚至不问是否有神。祈祷的理由是作诗的理由。

另外“十句话”

一

我曾想给我的一本书取名《一念》，深明市场取向的朋友说：不好！读者一看书名就觉得内容单调贫乏，不必看。

那么，叫《万念》或《千虑》如何？也不好！读者一看书名就觉得千头万绪，读来吃力。

隐地兄集诸家警句编成一书，书名《十句话》，他选的这个数位比“一”多，比“千”少，大吉大利，其中大有学问。

二

美国总统林肯留下许多名言，编杂志的人常常摘录他的话加边加框刊出，调剂版面，于是……

教师问一个学生：“你可知道林肯是什么样的人？”

学生想了一想，恍然说：“你是指那个专替杂志写补白的家伙吗？”

尔雅版的《十句话》传到天涯海角，编辑老爷取材不遗在远,吾们都以“专写补白”的角色出场了。几生修到！几生修到！

三

生命薄如纸，世情也薄如纸，全看上面写的是什么。

一张纸只是一张纸，写成“奉橘帖”就是宝；写上“信望爱”，也是宝。

写作，一言以蔽之，使一张纸的价值高于一张纸。出版也是。

四

我似乎说过，格言有如锋利的水果刀，它只切割一片供我们咀嚼，并不提供全梨。

十句话是十句格言吗？我不敢说是，十句话即使是十句金科玉律，别人读了也可能另有见地。

读书，有人专找他能同意的，有人专找他反对的。有人呢，读书只想发现“不同”，更多的不同。

五

“知性”和“感性”两词给我们不少方便。历来选录名言都从知性着眼。可是现在，《十句话》有这样的句子：

室外有一湖。人工湖。

我问：你为何要躺在如此高旷的地方呢？

因为，湖说：这样上帝才能看得见地球表面上有一颗眼泪。

很动人，而又使人沉思，知性感性合一。我喜欢，虽未能之，愿学焉。

六

每个人都记得若干“金言”。可是，那些“金言”原来是谁说出来的呢？很抱歉，大多数人，都可能“忘记了”！

能够多背出句子来还算“用功”，另一种可能是“夺胎换骨”“得鱼忘筌”。

鱼，多半不是我们养大的，我们只是替有缘的人捕到。

七

“巧为拙者奴”，写文章是一种“巧”，相对而言，从来不写文章就是一种“拙”，所有写作的人都可能等着伺候他。

但是有一条件：他必须爱好阅读。

“愚者言而智者择”。那些说“十句话”以及说出千虑、万念的人可能都在愚者之列。

智者安在？曷兴乎来！

八

中国人常说：一言难尽。

必须培养能力一言道破，因为时代难得给我们发言的机会。

九

语言有时是金币，有时是零碎的角子。文学的语言多半是变体邮票。

十

我这“十句话”有几句是分了段的。分了段的话还能算一句吗？

能，这是隐地在《十句话》中创下的体例。

石破天惊

划火柴制造不朽，结果得到一堆垃圾。

垃圾进入名画，仍然不朽。

伟大的垃圾制造家总是需要一个伟大的画家。

…………

画家画了一块花岗石，近乎长方形，左上缺了一角，受了挫折仍然坚强的样子。

这张画太有名了，于是有人下工夫考证到底画的是哪里的石头，于是有人弄来一块偌大的花岗石，照着画中的样子切割了，就说是画家写生用的石头。

…………

山上的一块大石怎会不见了？

据说，希腊天神下令处罚的那个人，奉命把大石扛上山去的那个人，终于克服了地心吸力的捉弄，把大石交给了天神。

这就吸引了千千万万登山客，并且吸引一位雕塑家在山顶为那人立了一尊铜像。

伟人谜

*

林肯竞选美国总统，在确知稳操胜算时，跪在美国地图前祷告……不知他在剧场遇刺时，可曾祷告？

爱迪生研制灯泡，灯泡不亮，他跪下来祷告……不知灯泡放光时，他可曾祷告？

大人物是留谜给大众去猜的人。

*

一九八五年，米兰·昆德拉获耶路撒冷文学奖，他在授奖典礼中致辞，引用了一句犹太谚语："人类一思索，上帝就发笑。"

为什么人类一思索，上帝就发笑呢？昆德拉的解释是：因为人愈思索，真理就离他愈远。这话很难懂。

比较好懂的是：孩子一思索，父母就忧愁。

*

甘地说："我天生看不见长辈的过错。"

看不见自己长辈错，处处见英国人错，这才做得成革命家。

我想，辛亥之事，多少人只看见满人的错，看不见汉人的错。法国大革命时，多少人只见贵族的错，看不见平民的错……

张献忠和释迦牟尼倒是发现所有的人都错。可是……

*

爱迪生说，成功来自百分之九十九的血汗。

萧伯纳说，成功百分之九十九靠天才。

从这里可以感觉到科学和艺术的差别。

*

米开朗基罗，意大利伟大的雕刻家，十五世纪人。

他为当时的政治领袖美第奇造像，有人指出雕像和美第奇本人并不相似。米开朗基罗反驳："一百年后谁管它像不像？”

数百年来，大家对米开朗基罗这句话哑口无言。我倒想问：既然如此，又何必管这座像叫美第奇？

*

意大利英雄加富尔一生未娶，他说：“我以意大利为妻。”这话在“以祖国为母亲”的中国人听来，心中暗惊。

仔细一想，“江山多娇”一类的话不是也有许多人说过吗？品味其语气，似乎还没把中国当作相敬如宾的“正妻”？

林和靖住西湖，梅妻鹤子。然而他有老婆孩子，他是以梅为妻以鹤为养子了，真是等而下之。

压力

*

我今生最大的压力是：我的国家分裂，而我注定了要被一方判决为卖国贼。

*

人生无所谓压力，除了下面一件事情：妻子越来越漂亮，而自己（丈夫）越来越衰老。

*

人生最无聊的事情是，到处有人想试一试你能承受多少压力，尤其是你的上司和情敌。

*

有人考问教皇：上帝为什么躲在天上？我愿意提出一个答案：那是最高之处，没有压力存在。

*

人一生中有两大压力：一个是儿女都很幼小，

负担很重；另一个是儿女都成家立业了，相处困难。

*

你觉得什么时候压力最大？是向人借钱的时候呢，还是向人讨债的时候？答案中可以见到你的为人。

*

压力产生“意义”与“价值”。因此，没有压力的时候，可能是你“压力”最大的时候，这叫作“生命中不能忍受之轻”。

*

我之所以感到压力，并非担心我登台演唱时没有掌声，而是因为上一次有太多的掌声。

*

压力产生于“可能”，而非产生于“必然”。例如“死亡”算不了什么，因为人皆有死。

*

我必须天天面对一项压力，那就是，我的那些朋友无人肯说实话，而我又不知如何对他们说谎。

*

每次读自己写的书，总会新发现几个错字……就是压力的标准注释。

*

压力不能当歌来唱。真正的压力无声，只有你自己听见骨折。

向绿芽道歉

我喜欢球根的花，球根白白胖胖，捧在手心里像个婴儿。秋天种下去，冬天，地面只有雪，我知道生命还在院子里。

去年秋天，妻决定种些郁金香。我们买来球根，合力在地上掘出许多坑洞，坑洞里的土壤用一种特制的碎木屑掺和了，松松软软，像布置襁褓。我们走后，松鼠一定来寻找可吃的东西，园艺家早已知道，松鼠的能力只能掘到离地三英寸，所以立下规则，球根要埋进六英寸的坑里。这就叫“人为万物之灵”。

第二年开春，郁金香的嫩芽一个个冒出地面，天真可爱，我们天天察看它们成长的进度，只有一处完全没有消息。我判断买回来的那一袋种子里有一个废品，妻不说什么，抓起铲子，跪下去，把它挖出来。

妻说：“你看！”她把球根托在手心里。

我看见了什么？绿芽早已生出来，而且很粗壮，不过它先向下生长，再折回来向上，尽管长度超过同伴，却还不见天日。原来我把这一颗种子放颠倒了，把它送上绝路，它暗叫一声“大事不好”，来个一百八十度的大转弯，自己救了自己。

它的线条坚韧硬挺，浑身充满不屈不挠的倔强，而且带着愤怒。

我好像受到了惊吓，说不出话来。

妻把它移到花盆里，半身裸露土外，让嫩芽完全自由。放在窗台阳光充足的地方，偶然浇一点水。我不知道妻是怎样调理的，蛇身一样走投无路的芽，慢慢找到了方向，慢慢地，它站直了。这期间，我对它说了无数次“对不起”，不过在阳光照射下，它反射回来的依然是怒容。

它“出院”的那天，我们殷勤地、慎重地把它移到户外，种回原来的地方。它比同伴长得更漂亮，现在，它头上是白云，身旁是春风，天广地阔，自由自在。可是我觉得它余怒未息，跟那些同伴并不完全相同。

我们只有默默地望着，偶尔浇水，望着它们长出叶子，长出花蕾。

有一天，它们的花全开了！郁金香的鲜艳夺目是逼人的，我只注意其中一棵：它是那种充满自信的红，我只注意它的神情，它跟所有的郁金香一样，很美丽、很专注、很光明、很和平，像是从天上降下来，不像是从土壤里长出来的。它摆脱了那个痛苦的过程，并没有开出一张魔脸来。

它，是这一小片花圃里最动人的一棵，如果花是天使，它就是天使长，好像是，既然成长艰难，它就要开得更美。

看见它“走出来”，我也跟着走出来。我对妻说，我们要做点什么来纪念这一天。

妻说：明年，每一颗花球都会变成两个，我们来种更多的郁金香。

有诗

如果没有诗，吻只是碰触，画只是颜料，酒只是有毒的水。

如果没有诗，没人喜欢那一张叫作“山”的三角脸，没人喜欢那具叫作“山”的无头尸体。

如果没有诗，人种下火药，不会得到枫林；人种下盐，不会得到沙漠；人放走一枚气球，地平线上不会升起月亮。

只要天空还有一抹蓝，就有诗。只要云有影、雨有痕、雷有声、水有纹，就有诗。只要有一滴泪、一条小径、一阵惘然，就有诗。

不能没有诗。没有诗，如何证明我们彼此是同类。

不会没有诗。如果人不再写诗，鸟来写；鸟不写，风来写；风不写，蜗牛来写，昆虫来写。

或者，人写诗不用文字，用行为。诗仍然是诗。

现代文章

文章未必要乱法犯禁才有价值。拼上全家性命写出来的“清风不识字，何故乱翻书”，并不及“落日照大旗，马鸣风萧萧”。

*

小说，写正在发生的事；诗，写并未发生的事；散文，写已经发生的事。

*

性爱：现时小说剧本中的“甘草”。

幻想：被出卖、被利用了的理想。

诚实：通常等于“骗局揭露之前”。

文明：给丑陋的身体裁制漂亮的衣服。

*

多看蝉蜕，可以知道蝉如何长大。名人传记是一种“蝉蜕”。但有人能以精巧的手工做塑胶蝉蜕，身材特别大，形状也修改过，由你去临风怀想一只神蝉。

*

一八八七年，美国伊利诺伊州发生“干草广场爆炸案”，四名被告被判绞刑。行刑时，一个名叫史匹的死刑犯大叫：“我们死后留下的沉寂，比你们今天压抑下去的震耳怒吼，还要铿锵有力。”

鲁迅说的“于无声处听惊雷”，疑即本此。

*

文艺作家出口成章，但可信度低。“尽信书，不如无书”，那一定是诗人小说家写的书吧？

十九世纪中，爱尔兰年荒，农民连肥料也没有，“汗就是爱尔兰人所能提供的唯一肥料”。怎么？他们不大便也不小便吗？

*

杜鹃，据说是失位的国王所化，啼声凄厉，眼中出血。诗人提到杜鹃啼血照例很受感染。

杜荀鹤，唐末诗人，据说是杜牧之子，他留下一句“啼得血流无用处,不如缄口过残春”。话很诚实,也很残忍。诚实之言多半残忍。

杜荀鹤别出机杼，也是为了脱出陈套，是故创新有时也是一件残忍的举动。

*

全本《野猪林》一剧，从头到尾都是林冲的声音，可是在现实生活中，那时林冲是没有发言权的。

全本《打渔杀家》一剧，从头到尾都是萧恩的声音，在现实生活中，那时萧恩也是没有发言权的。

文学戏剧就是这么一种东西：由不能讲话、不会讲话、不准讲话的人讲话。对那整天用电视广播报纸讲个不停的人，咱就少操心吧。

*

友人说，他看见钻石的光很阴险，看见坐化的活佛朝着他笑，看见月亮是三角形。我说，恭喜，你可以写诗了。

*

好文章的条件是：作者（写作时）心里想的是

别人，读者（阅读时）心里想的是自己。

*

京剧《女起解》里有两句台词："你说你公道，他说他公道，如若有公道，老鼠不怕猫。"现在流传的版本不同，不知从何人何时开始，末两句改成"公道不公道，自有天知道"。还可以改成"如果有公道，包公也会笑"，"如果有公道，蝴蝶也会叫"，云云。

*

墨滴在纸上，画家顺势画成蜘蛛；血溅在扇子上，画家顺势画成桃花。血不是很好的颜料，会变黑，也有侵蚀力。我常挂念杨文聪的那把桃花扇，不知后来变成何等模样了。

眉批选抄

王安石讥孟尝君门下“鸡鸣狗盗之徒”。按：身怀“狗盗”绝技而不去做贼，求为孟尝君食客，仍然是有理想的。

*

大禹的臣子仪狄是“第一个”造酒的人。禹喝了酒以后说，“后世必有以酒亡其国者”，下令禁酒，并再也不重用仪狄。

在这件事情上，大禹是把他的人生哲学强加之于全民，他说到做到。可是后来禹的裔孙杜康造酒，闻名后世，“杜康”成了酒的代名词。这时，大禹可管不着了。

酒一定有人造，然而为什么偏是禁酒人的子孙呢？莫非这也是一种“报应”？

*

想写一文，久久未成：

摩诃萨埵舍身饲虎时，商人出售入场券邀人参观。

又，周处欲除三害，入水斩蛟，不幸被蛟吞噬。岸上观战的人群于欣赏惊险场面之余，松了一口气：“总算除了一害。”

*

息侯亡国，息夫人成为楚国的战利品，她在楚宫三年没说一句话。

后来，她开口了，因为她生了孩子，她对孩子说话。

息夫人进了楚宫不说话，是因为她只能说乞怜献媚的话，所以不缄默是可耻的。等到生了孩子，若是还要对怀里的婴儿装哑巴，那就太可怕。息夫人由不言到有言，得中庸之旨。

可是，既然对孩子说话，恐怕就得对楚王说话了吧，既然对楚王说话，恐怕也难免有乞怜献媚之语。

这就是中庸的困境。

*

宋太祖巡视南京城墙，来到朱雀门，见门上的匾额写着“朱雀之门”，遂问赵普：“为什么要多写一个‘之’字？”赵普说，这是语助词，于是太祖笑曰：“之乎者也，助得甚事？”

到了明朝，开国皇帝朱洪武察看南京城防工事，十分满意，故意问刘伯温：“你看敌人要用什么方法才攻得进来？”这时有燕子从城头飞过，刘即景作答：“除非是燕飞来。”

洪武死后，发生“靖难之变”，镇守北京的燕王举兵南犯，进入南京，夺了帝位，应了“燕飞来”的预言。但燕王之“燕”读平声，燕子之“燕”读去声，朱洪武虽生性多疑，也没能联想到一起。

不但“之乎者也”马虎不得，有时连“平上去入”也得推敲。

红了再红

纽约多枫，枫叶到了深秋，变红。在这“露从今夜白”的时候，红是难得的颜色，也许某家后院还有最后的玫瑰，某人脸上还有今年新酿的家乡酒。那不算什么，人人在等枫林的泼墨技法。因为以红为贵，连黄色和紫色的叶子也都叫红叶。

季节到了，总是有一片叶子先红，好像总是有一片叶子先醒，或者先起跑，或者先叫喊起来。这片叶子未必特别大，位置未必特别高，总是先红了，挺身而出的样子，看到这片红叶，不免想到，全树的叶子都要红起来，满山的树都要红起来，季节到了，“一叶落知天下秋”。

最先红起来的这片叶子也最早落下。红叶像团体操，人们欣赏的是一个“群像”，没人注意少了一片，即使它是先驱，红得太早也许是一个错误。这些红叶都会落下来，落地的叶子也多半失去红润，服从由绚烂归于平淡的规律。但人们仍然称它为红叶，你看不到“黄叶舞秋风”的景象，至少在文字上看不到。永远是红叶，只因为曾经红过。

爱儿子、疼女儿

妻讲话很简练，不惹口舌是非，可惜信息不足。她说，“昨天李太太生孩子”，到此为止。我问男孩还是女孩？女孩。她家有几个女儿？三个。有几个儿子？还没有儿子。妻不会一口气说：李太太有三个女儿，没有儿子，昨天又生了一个女儿。

妻说儿子女儿都一样。真的完全一样吗？仔细想，还是有分别。妻告诉人家，她对儿子女儿一样疼爱，我追问怎么疼，怎么爱？疼和爱并不是“同义互训”，也不是内容相同、用字雅俗有别。我们有儿子也有女儿，滋味尝遍，却从没有专心回顾整理。我拉下窗帘，切断电话，坐下，摊开一张纸，邀妻仔细捕捉那细微的敏锐的感觉。那仿佛是远古的事情，又仿佛是昨天的事情。

对女儿是“疼”，对儿子是“爱”。

爱儿子的时候坐下来，疼女儿的时候跳起来。

爱儿子，唱歌；疼女儿，喝酒。

爱儿子不怕人知，疼女儿不愿人知。

爱儿子泪流成溪，疼女儿泪流成串。

爱儿子希望他留下来，疼女儿希望她嫁出去。

我一面发掘一面记录，用字简练，符合妻的风格。说着说着，妻红了眼圈；说着说着，妻拿面纸拭泪；说着说着，妻笑了。我像个新闻记者那样，只顾冷静地考虑修辞，我的眼睛，要到独自守望计算机窗口的时候，才水雾蒙蒙。儿女是我们的针眼，我们也是儿女的针眼，彼此穿过就是天国。

她摇摇头，她说没有什么可说的了，一切都说完了。

我心里有数，我们共同的秘密珍藏，我知道究竟有多少，她心里还有，言词不能表达。她不说，我来说，我能把话题拉长接着往下说，我是职业作家。

我说养子如种树，养女如种花。

我说养子如写小说，养女如写诗。

我说养子如铸铜，养女如烧瓷。

我说养子如眼科，养女如心脏科。

我说天下升平生女儿，天下动荡生儿子。

我说家境富足生女儿，家境艰难生儿子。

我说中年以前生女儿，中年以后生儿子。

妻说，我们这一辈子的话都让你说光了，歇歇吧，喝杯茶。我望着茶杯思量，历史往往只是一些标题，后人乱作文章。我还可以继续往下说，没完没了，因为我是职业作家。

爱恨

*

恨的力量大，爱的力量久。

爱的变数多，爱能生恨。恨的血统纯，从不生变。

恨常常被爱化解，爱永不被恨消灭。

爱恨角力，胜负难测。

*

一时的利害常与永久的利害冲突。

个人的利害常与社会的利害冲突。

英雄的决定常与大众的选择冲突。

先知的意见常与信徒的期望冲突。

*

相逢一笑泯恩仇。

按：兄弟恩仇，并非“一笑”的气质个性境界所能消除，必须“拥抱痛哭”。

*

别再责难搞政党的人有私心。我宁愿他们得天下之前为私（夺权），得天下之后为公，不愿他们得天下之前为公，得天下后为私。

*

伴君如伴虎，伴群众如伴火，伴美人如伴婴儿。

茶与心情

妻爱喝茶，我也跟着成为会喝茶的人。

丈夫打牌，妻子也学会打牌；丈夫喝酒，妻子也跟着喝酒；丈夫抽鸦片，妻子后来也抽鸦片。那样的人我都见过。共同生活的时间越久，彼此相同的地方越多，最后有相同的命运。家庭、社团、政党乃至民族，都可能如此。

每逢和妻一同喝茶的时候，我就想到一个名词（也许是形容词）：同命鸟。

妻有几位朋友讲究茶道，她们家中的茶都是极品，普通商店里难以买到。中国文化嘛，她们总是把好东西送给朋友，而且品级随着交谊的时间升高，所以舍下的茶越喝越好。如果茶可以分成 ABCD 四级，你一旦喝到 B 级茶，就再也不肯喝 D 级的茶了！人天生有比较的能力，只怕他从来没喝过茶，从来不知道有茶，只要喝过一种茶，他就对另外一种好奇，只要喝过两种，他就能分出优劣，只要尝过好的，一定舍弃比较坏的，除非万不得已，不会再退转到以前。人对两种制度、两种艺术作品、两种人生哲学的态度也都一样。

常言道："粗茶细吃，细茶粗吃。"好茶都泡得浓，慢慢用唇啜饮，近似饮酒。酒使人喧闹，茶使人安静，妻说话本来调子就慢，这时加上轻声细语，国事家事都显得和平安详，化解许多争执。日子多了些甜美，茶的回甘里有生活的回甘。这一类效用，送茶来的朋友万万想不到。

喝茶的时候，妻总是对我数说茶的来历，念诵朋友的名字。我的口味越来越挑剔，妻会说我被朋友惯坏了。妻认为人喝水所以要放茶叶，是因为河水井水都有腥气，白开水喝了反胃，把某些树的叶子烧焦了，泡在开水里，可以改善，所以"只要是茶叶就好"。不过招待亲友的时候，她也一定把家中最好的茶拿出来，即使那茶叶一时无处可买而家中又所余无多了，这也算是中华文化吧！

我们老两口对坐饮茶的时候，妻时常数说牵着小儿小女上茶楼的日子，那时儿女也爱喝茶，现在他们不喝茶，喝咖啡，偶尔回老巢探看，也不肯再上茶楼。妻常常轻声自语：绿茶可以防癌，他不喝；咖啡因可能致癌，他们倒放心喝。我们可以为他们做许多事情，只是不能使他们再上茶楼；他们也能为我们做许多事情，只是不能再陪我们喝茶，即使是极品好茶。

他们还记得喝过的茶吗？他们拿咖啡跟茶比较过吗？我想，也许有一天（也许是快要退休了吧）他们又喝茶，也去置备一套宜兴陶做的茶具，有一种力量可以使他们再喝茶，那就是中华文化。

偶然落笔

*

一面看报一面想：

生活中充满了美丽的名词，但甚少美丽的经验。

牛肉汉堡中有多少牛肉？果汁中有多少水果？茶余酒后能听到几句隽言妙语？进公园能看见几朵好花？逛百货公司能发现几件奇货？集会结社有几个良师益友？全唐诗全宋词又有几首好诗好词？

*

多一分寂寞多一分深刻，多一分寂寞少一分盲从。

*

恐怖统治的余悸：惊叹号如失足下坠；问号如铁钩悬挂人体流出屎尿；总统府如戎装军阀，眈眈视人；砖墙白缝如网罗，张开，逼近。

*

苏武留胡十九年，持节不屈，那是在寒冷的北方。

如果他活在热带，也许早就熔化了。

*

为“胆识”下一别解：

杀牛，恐怖，不敢看；

杀猪，残忍，不要看；

杀鸡，有趣，一看再看。

*

看斗牛最心酸，生而为牛，斗赢了又能得到什么！

牛高肩大蹄，粗腿厚腰，作势欲斗时龙行虎步，可怜如此！

*

“士可杀不可辱”。

杀就是辱，无大分别。

*

听到两个“爱的故事”：

半夜，儿子哭了，说饿。这个也不吃，那个也不吃，妈妈半夜开车出去找二十四小时不打烊的店，买他要吃的东西。

明白了，她的小儿子为什么那样胖。

灯下，爸爸查考儿子的课业，发出警告，你再不用功，我就这样：拿起板子，连连打自己的手心。

妈妈慌张奔入，问儿子打到哪里，打到哪里，既而知道丈夫只是打他自己，转嗔为喜：吓了我一跳！

明白了，她儿子的功课成绩为什么那样差。

*

群雁飞过，正好我在高架道上。人，离地三尺，就觉得离天很近。这里的雁飞得低，或者因为它们肥胖，也没有猎人。脖子尽量向前伸，好像有一种力量牵引着它们前进。夕照里，橘红色的脚很鲜艳，像装饰品。行列零乱，或者因为没有强劲的风，雁阵是因为风的阻力才成队成形——教科书这样说。雁影压过屋顶和草地，沉甸甸。叫声柔和，女性化了，我想起老家饲养的鹅。它们是流浪的鸟，应该瘦一些，飞行省力，它们不在乎，已经在天边消失了，想象它们今夜宿在哪里。

*

我没见过蝴蝶的尸体，奇怪，它们最后到哪里去了？

直到有一天，我看到蝴蝶兰。

惊梦

*

你生病的时候，医生爱你。你上学的时候，老师爱你。你吸毒的时候，赌博的时候，谁爱你？谁爱你？

*

对付心理战，大家要“不做敌人希望的事”。人有七情，要惊恐，要哀伤，要心灰意懒，但是人有一种能力，可以称之为“偏不”：你要我失眠，我偏不失眠；你要我沮丧，我偏不沮丧；你要我失去信心，我偏保持信心；你要我生活失常，我偏维持正常。

*

团结不是征服，团结不是献媚，团结不是只听一个人说话，团结不是每个人把口袋里的钱取出来、放在台面上、由你通吃。

团结不以割据为乐，以联合为乐；不以对立为乐，以融洽为乐；不以圈子越缩越小为乐，以胸怀越来越宽为乐；不以逢迎了多少人上人为乐，以结合了多少人下人为乐。

*

人间有一个名词叫作“教养”，教养可以缓和、转化、调剂环境的刺激。

人不是狗，不必太强调条件反射。

*

手心也是肉，手背也是肉。批曰：手套不是肉。

*

天下兴亡，匹夫有责，那是国亡以后，全局崩坏，只剩下匹夫了。匹夫也分大小，说这句话的黄宗羲，也会自认为他的责任比别人重大。

*

争气不赌气，赌气不生气，生气不出气。

*

“饿死事小，失节事大”，当然不合人情，应该是饿死事大。但有人一觉得饥肠辘辘就赶快失节了，或者一看见米缸不满就筹划变节了，中间少个奋斗的过程，自当别论。

*

道德家说“衣食住行”，政治家说“食衣住行”。就历史纵面看，初民不顾穿着，先求饱足。就社会横面看，总得先穿衣服再出门。大体上说，今人无须为了食物而脱光衣服，但有人为了美食而脱衣，还有人为了穿更华丽的衣服而脱衣。

*

战国之不平以剑消之，两晋之不平以酒消之，民国之不平以移民消之。

*

不要每天等待别人的怀念和肯定。

*

因大果小——以直报怨。

因小果大——以大德报小德。人敬我一尺，我敬人一丈。受人杯水，报之以涌泉。

果存因灭——以德报怨。

*

如果仙境的花四时不谢，“留得残荷听雨声”的情韵就没有了，那样的仙境反而是俗境。

*

大鱼庇护小鱼，小鱼躲在大鱼肚子底下吃食物碎屑，避开钓钩，但是大鱼缺食饥饿的时候就把小鱼吞掉。

*

味蕾可以欺骗，市上有一种“糖”专供患糖尿病的人吃。卵子也可以欺骗，科学家研究新避孕药，使卵子与精子因误会而分离。

芸芸众生当然也可以欺骗。

童年

*

快乐与梦幻，缺一不成为童年。千万人从未有过童年，他只有过六岁。

*

人人美化童年，一如革命家美化造反，民族主义者美化古代。

*

童年并非我们的黄金时代，因为童年无知无能。黄金时代始于能分辨乌龙与龙井、中提琴与大提琴、李白与杜甫、华山与阿里山……

*

慈爱的父母造成你的第一个童年，美满的婚姻造成你的第二个童年，孝顺的子女造成你的第三个童年。

*

童年是生命中的遗憾：能取不能予，能受不能施，而且出奇的残忍。

*

伟人无童年。伟人隐瞒童年，以防童年把他变小。伟人如大厦，向来只有巍峨的身影和华美的壁饰，以致伟人的生命好像缺少源头活水。

*

人人说喜欢儿童，他只是想听笑声，并未打算洗尿布。

*

“仆人眼中无英雄”，儿童眼中出英雄，英雄崇拜是民族的童心。

*

据说出生率在降低，但是儿童玩具店在增加；据说人口在老化，但是卖拐杖的地方依然难找。

*

倘若人的生命无限延长，而又停止生育，这世界便是地狱。

*

在这世界上，听见婴儿的哭声马上放弃王位的人，只有一个；马上抓紧钱袋的人，成亿成兆。

*

童年具备许多美德，可惜无知；老年具备各种知识，可惜自私。

当路游丝

*

在气象雷达幕上，地球像个中风的脑子。

*

太阳替云纹身，在那一刻，云是被亵弄了。人袖手旁观，看到夕阳下山，流云四散，天空换上窃窃私语的繁星。

鸟在空中书写，被云抹掉，但是鸟说它画出晚霞。

*

水牛过窗槛，头角四蹄全过去，尾巴过不去，这等事或有。

水牛失足落井，头角四蹄全掉下去，只有尾巴掉不下去，这等事有过吗？

*

朽木不可雕也。

朽木又何以再雕？自成纹理，自具形相，天工胜斧凿。

*

诗人真不讲理，见眼泪如液体珍珠，硬说珍珠是固体眼泪。

*

有诤臣之人不亡，然则诤臣亡矣！

有诤友之人不危，然则诤友危矣！

*

鸟卵抗议：莫再责问我覆巢之下岂有完卵，卵岂有办法使巢不覆？

*

对许多人而言，心灵的故乡在银行存折里，在房地产所有权状里，在首饰保险箱里。新约说，你的钱财在哪里，心也在哪里。

*

我是画家，心灵的故乡在我的画里。

我是诗人，心灵的故乡在我的诗里。

我是作曲家，心灵的故乡在我写下的曲谱里。

有一天，肉身朽坏了，我的心灵仍然留在作品里。那脱离了肉体的心灵也许就是长生吧？

*

在囚车上，死刑犯背后总是站着一个为他做临终祈祷的人。

那人不能平反冤狱，但是可以“超度”亡魂。若是死者身旁只有刽子手，那场景我不喜欢。

*

圣派屈克大教堂何等辉煌，但四周盖起摩天大厦，高塔难再成为神人交通的象征，整座教堂如在缸底，这景象说明了今日基督教的窘境。

*

神造世人怎会只有一男一女，这么有趣的工作他怎么肯歇手。

女娲造人造了一群，她配方，君臣佐使。她配菜，酸甜苦辣。她配戏，生旦净末。

还有老实、狡猾、激进、保守、牺牲、掠夺……

她用泥土捏了许多小人，放在院子里晒，忽然阵雨，收拾不迭，许多人因碰撞而残废了。

至今我还在想，老天爷为什么要下那一场雨……

*

老天爷是熬夜工作的，他以儒家为左手，以法家为右手。

他在睡前喝了一杯酒，杯中余沥就是现存的佛教。

遗忘

*

“遗忘”是一种痴呆症，患者不限年龄。

*

所谓“遗忘”，无非是换了记忆。例如，把你欠他一栋房子换成你请他吃过一餐饭。

*

像曹操和斯大林那样的人从不相信有所谓遗忘。在他们看来，“遗忘”是受害人的伪装。

*

“遗忘”是受益人的专利。人首先忘记的是奶妈的乳房、钢琴家的手指和护士的温度计。

*

人总是只记得债主的利息，忘了贷款的担保人。

*

“遗忘”是上天的旨意，因为他给我们如此复杂的世界，又给我们那么少的脑细胞。

*

“遗忘”并非易事，所以人发明了一条河叫忘川，以为可以用那河水来帮助他丧失记忆。

*

我因写回忆录而向亲朋故旧印证往事，发现人分两种：一种人总是忘记了当时共同生活的小人物，只记得头顶上遥远的大人物；另一种人恰恰相反。现在，脑子里只有大人物的，看上去也颇似大人物；脑子里只有小人物的，实实在在也是个小人物。

*

对某些人来说，“遗忘”是一种麻木，他没办法把那件事记住。

*

老天爷是否“遗忘”过什么？没有，完全没有。那么，万能的主宰也有所不能，他不能“遗忘”。

*

择友处世，要注意对方“遗忘”的是什么，然后，才是他“记忆”的是什么。

*

人需要“遗忘”。如果你能发明一套简便的“功夫”使人忘记他愿意忘记的事，你将代替酒店、心理医师、安眠药厂以及大部分娱乐场所。于是，你立可致富。

*

为了防止“遗忘”，我们结绳记事。但是注意，别让这根长绳绞缠你的脖子。

辑四

人若有情天不老

一家之主

荒年，男人见全家老小饿得躺在床上喘，暗想我是一家之主，总得想办法找吃的。

他拿起一只口袋出门，口袋很大，足够把他自己装进去。口袋太大，给人的印象一定坏，那也无奈，家里只有这只口袋。

在外面奔走了一天，饿得弯着腰，亲戚朋友一看他的口袋，眉头都堆得高。你想把我们的命都装进去啊？从亲友处受少许羞辱也当然，谁叫我是一家之主？

布袋当然空空，回程远，真没力气走。天无绝人之路，天起了一阵风，风越吹越大，把他的口袋吹成气球。他死命抓紧，说什么也不能连口袋都丢了。气球带着他飞起。

风把他抛在沙漠里。定定神，想想这里有什么可吃的。沙的模样像小米，很亲切，没有小米，他就往口袋里装沙。总要背一点点东西回去，我是一家之主。口袋不空，这是吉兆。

口袋很重，他背得挺带劲儿。也许回到家，打开口袋看，沙粒都变了米粒，书本上说，这事发生过。

他的口袋旧了，不结实，破了个小洞，沙往外漏，他不知道。他是一家之主，只想快快到家。后来，口袋又破了一个洞。

等到口袋穿了底他才发觉一败涂地。他忘了饿，忘了累，心中翻江倒海的是：太可惜，太可惜了！

九条命

住在大都市里的现代人，养猫，宠猫，对猫说：你借几条命给我吧！

他说他得有九条命：一条命给儿女，一条命给老板，一条命给国税局，一条命给盗贼，一条命给环境污染……

他说我是"外省人"，得留一条命给大陆亲友。我是教徒，留一条命给上帝。

我还得留一条命给烦琐无聊的会议、饮宴、送往迎来、蜚短流长。

我还想有风流外遇，哈哈！

有时候，梦眼惺忪，把人看成植物，把楼台看成岩石，把车阵看成河，把落叶看成鸟，把气球广告看成仙槎（尤其是飘浮在教堂上方的时候），他曾怔忡地想，为何我会是我？是何因缘，使飞蛾不成蝴蝶呢?是何因缘,使鹿宁可进化出长颈长腿来,也不离开那棵高树呢?

为什么猫会是猫呢?猫并不需要九条命,我家的老猫走几步就得在地毯上躺一下,对门外的松鼠再也没有兴趣多看一眼。生命到此是沉重的负担,一条已经足够。

事实上,猫也的确没有第二条命,多余的命俱已被主人借去。

几尺纸

纸可以包火，用坚硬的纸，包星星之火，例如，包住一支烛光。

这个信条一代一代传下来，即使是大火，只要有更大的纸张，仍然可以四面包抄，在想象中，那是一番兴奋炽烈的光景。以至一代一代有人去做，抱着孩子过年的心情。

我在卧房里点一支烛，展开一张纸。纸张燃烧，我再用一张更大的纸。我有很多很多纸，一张比一张大，也一张比一张烧得旺，等所有的纸用完了，火舌开始吞噬房子。

等到整个房子烧完，我就没有什么材料可用了，包住这熊熊大火的，只有天和地。灰烬飞扬中，我思量毛病出在哪里，错就错在我的准备不够，只要我的纸再多几张，再大几尺，何致功亏一篑？

终我余生，我只思念几尺纸，可惜我短缺那几尺纸。

三世猫虎

猫甜甜美美地吃完一尾鱼，一面吃，一面保持高度的戒备，好像宣告宁为玉碎。

“玉”不会宁为玉碎。凡是“宁为玉碎”的，都不是玉。

猫不懂储蓄和投资，一旦吃饱，也就心无窒碍。它从容地洗个脸，伏地而卧，呼噜呼噜地诵念那无师自通的经文。初生的猫不会念经，念经的能力需要三个月？六个月？九个月？说法并不一致。

虎和猫的区别：老虎也吃肉，吃得更多，从不念经忏悔。

这只猫的前生是虎，一只喜欢清洁的虎，每一餐都收拾干净，不留骨骼皮毛。今生是猫，猫也爱清洁，经常洗脸，一辈子念经修行，所以来生仍然是虎。

退化的寂寞的猫，梦见成为天天念经的虎，猎食的时候凶残，饱足的时候慈悲。已经是兽中之王了，还念经修行什么呢？

第三世，它想做一只会储蓄会投资的虎。

小白鲨

鲨鱼不能呼吸，只好不停地吞水，在水穿过鳃时弄一点空气入肺，看起来，鲨鱼若想安眠一宿或大嚼一顿，就有窒息而死的危险。

对鲨鱼忽然有了同情，觉得它虽然凶恶残暴，却也脆弱可怜。夜越黑，不是灯火越明亮吗？鲨鱼也用它自己的横暴彰显了自己的无助。

直到有一夜，他听到“咔嚓”一声……这一声清清楚楚……鲨鱼咬断了他的大腿。虽然只是一梦，他到底醒过来，摸着腿坐到天亮。

这天他亲自上菜场，买了两罐鲨鱼罐头。

世上有人生就一副鲨鱼相，嘴又大又宽，下唇向后收，薄薄的唇肉贴在牙龈上，很紧。下面一排牙露出半截，的确是白骨，他一下子发现了整部进化论中的鲨鱼氏族。

鲨鱼罐头没打开，摆在冰箱里。据说如果拿柴油涂在四肢上，可以预防鲨咬。该后悔的是梦中没把柴油准备妥当。

井蛙哪里来

井里怎么会有青蛙?

井里本来没有青蛙，可是大家都说有，说成了典故。有人设想，青蛙在地上跳跃的时候，一时惊慌失措，“落”进井中。青蛙是弱者，地上总有一些事物使它害怕，它的“蛙怒”不过是人间的笑料。

有人说，青蛙是在闹水灾的时候浮出池塘的，它在一片汪洋中漫游，忘乎所以。水退时，它正巧坐在井口上，就这样冉冉而下。它是醉了，到井底才醒过来。

还有人“考据”，井泉通河，河中的蝌蚪到井中探险，不知不觉长大了，隧道太小，回不去了。

不管大家怎么说，井里还是没有青蛙。直到有一天，学童坐在教室里，听老师讲“井底之蛙”，他灵机一动。下课后，他去捉一只青蛙，提着它的后腿，来到井边。

他念念有词，瞄准，放手，隐隐听得“扑通”一声，井里从此有青蛙了。

水做的男人

他说，我本沙漠一滴水，蒸发转世。人人管他叫水做的男人。

那么，他是个美男子，美男的定义是：使女子流泪的男人。凡是认识他的，都说他是用女人的眼泪做成。他现在还年轻，身旁的女子也年轻，只为他心跳、喧哗或者嫉妒，或者大笑，偶尔忧伤，还没人哭泣。

男子和女子们一同打网球，扭伤了什么地方，女子把他围在中心，看医生为他推拿。医生一面讲述医道，指着一处穴位说，如果在这里下针用灸，病痛立刻可以消失。女孩们兴奋了，催促医生赶快施行。

没人知道那是他的本命穴。艾柱烧完，男子知道自己寿尽，慌忙抓住手边一只碗，说出遗言。转眼之间他化成了半碗清水。

女孩大声尖叫，慌作一团。有个女孩很沉静，慨然担任遗嘱的执行人，那就是捧着碗，坐上飞机，回到沙漠，让酷热的太阳把碗中清水蒸发干净。

在飞机上，女孩望着碗里的“圣水”遐想：如果他活着，如果他坐在身旁，如果这是蜜月旅行……她忽然从水中看见他的面容，笑着，皱着眉，夸张地忍着炙火的烧烤，一副调皮可爱的样子，不禁潸然下泪，泪珠滴在碗里，轻轻激起涟漪，紧接着水全干了。

她心念一动，决定原机飞回。沙漠不必去了，那男子已经复活。

风·蝴蝶

风不为传播花粉而吹。风行其所不得不行，止其所不得不止，为吹拂而吹拂。花知道顺应风势，使花粉落在柱头上，花粉就长出一根管子来，进行传宗接代。风是博大的，不经意的，花是机巧的，有谋算的。

蝴蝶并不为传播花粉而飞。它靠花养活，把针管一样的嘴刺入花心，吮吸里面的汁液。就在饮食的时候，它毛茸茸的爪上沾满了花粉，完成像风那样的输送，算是对花的回报。蝴蝶来了又去，双方有施有受，共存共荣。

风和花的关系是天和人的关系，天心难知，人可以自求多福。风的境界高，吹遍二十四番花信，一无所取，浑然俱忘。世界上也可能有风那样的人。

蝶和花的境界是人与人的境界，忙忙碌碌，你为我，我也为你。大家都活下去，像根链子。没有风，蝴蝶也能延续千红万紫。

只要不做害虫。

世缘茫茫天苍苍

“故乡回顾”，唉，突然看见这个题目，我真有些嗫嚅踌躇。想想看，我和故乡的关系可以分成好几个阶段。“回顾”是在哪个阶段呢？最早，童年和故乡一体，我在故乡里面，故乡在我里面，故乡的草木虫鱼就是我，我的身体发肤就是它，没有距离，也就没有“看”过它，无论仰观俯视前瞻后顾，都用不上。后来，故乡像挤牙膏一样把我挤出来，越走越远，可是无论东西南北，江河湖海，我总觉得故乡在我瞳孔里面，在我的神经里面，在我的呼吸里面。我把故乡扛在肩上，驮在背上。自开天辟地以来，凡是失去家园的人，都有这一份负担。

万古千秋，凡是失去家园的人，都要通过时间的刑求，时间像处决死囚一样剐我，像苹果去皮一样削我，我再生肌长肉。新肌，你的名字叫异乡，异乡一寸一寸改变我，一层一层淘洗我。故乡后撤，故乡缩小，故乡在脏腑间无处藏身，直到有一天“故乡”必须弃守，“故乡”濒临悬崖，必须纵身一跳，跳进深不见底的潜意识，我成了真正的异乡人。故乡这才与我分开。但我从未因它回头，我觉得故乡在异乡的前面，这天涯路无论东西南北，江河湖海，你走坦荡大道也好，走蜿蜒小径也好，我总觉得异乡人只要一直走下去走下去，会看见“我家门前有小河，背后有山坡”。那时候只知道往前奔跑，奔跑……每条路都扑个空，但是从未灰心。

唉，天可怜见，终于有一天，终于有一条路，异乡人沿着这条路一直走，一直走，果然，居然，竟然可以回到原乡，一路上无论鸟声虫声、轮声蹄声，脚步跌跌撞撞，异乡人的那双终夜常开眼不转瞬地看着前面，即使后面有个美女唱小曲，他也听不见。唉，故乡，故乡，那异乡人，那还乡人，他为你流了多少眼泪呢，他为你磕了多少响头呢，他为你发了多少誓，许了多少愿呢，他甚至为你卖了房子提光了存款呢？异乡人来了又去，去了又来，长安居不易，故乡更难。异乡人做了还乡人，还乡人又回复了异乡人。他哪里再有四十年光阴，把这一身异乡销肌蚀骨伐毛洗髓重又长出故乡的样子来？他一步踏进儿时门巷的那天，他和故乡举行了永远分裂的仪式。

唉，这期间发生了多少事呢，仆仆道路，现在还有几个还乡人呢？班机客满，班车客满，半是赚钱，半是看风景。故乡算什么呢？还乡人又算什么呢？故乡对他失望，他对故乡也失望。这期间发生多少事，现在故乡开始在我后面了，确实在我后面了，永远在我后面了。应该回头看它吗？它在目不转睛地看我呢，它的目光是钉在我背上的芒刺。无论我往哪个方向走，它总在我后面；无论我走多远，他的射程总还够得着。这算什么情节呢？如果写成小说，谁爱读呢？如果演为戏文，谁肯听呢？如果这是生活，谁能承受呢，谁能消解呢？

四月的听觉

四月某日晚，雷声隐隐不断，是我今年第一次听到的春雷，温和如作试探。

这声春雷来得太晚了吧，我几乎把它忘记了，按照农历的节气，通常“惊蛰闻雷”，现在距离惊蛰一个多月，连“谷雨”也抛在脑后了。

听到雷声，老妻流下眼泪，为什么？她说她记得此生第一次听见雷声是在贵州，大约六岁，她问大人：老天为什么要打雷？她的爸爸说：“因为小孩不乖。”

为了这个流泪？就为了这个。

也许是为了她是一个乖女儿，可是老天仍然年年打雷。

也许为了她也为人母，而她的父母都老了。

有时候，你的亲人正是难以了解的人。

她泡了一壶茶坐下，我们喝茶，人在喝茶的时候不流泪（喝酒的时候流泪）。

然后她慢慢地说另一件事。她来到台湾以后，她的一个同学有了男朋友，这一对小情侣不断偷偷地约会（那年代还需要避人耳目），有一次，雷声打断了他们的情话，男孩指着空中说："我若有二心，天雷劈死！"

可是他仍然负了她。以后她为人妻、为人母，听见打雷，悄悄地流泪，唯恐誓言灵验，雷真的劈死了他，她还是爱他。

华苑清风

大都会炎夏无风，或者扑面而来的风浊，令人好不气闷。有人说湖上风好，我们找湖，找到纽约上州 Ulster County 的华苑度假中心，华苑有草原，草原是另一种形式的湖，湖上也自有亭台。

要紧的是风。起初并没有风，只顾讨论花圃中安置的观音头像，指点年年开放的处处红紫，数说主人十年苦心经营，也忘了风。当这一片鲜花盛开时，也就是一个华严世界了吧！这天多云，光影差距很小，大自然特别安详，空气在温度低的时候有甜味，没有风也很好。

风还是来了，如此高爽空旷，风忍不住要频频回头探看。风从山坡松林的高枝跳下来，草地上滚过来，脚尖点着草原中心的湖水。不知道它从哪里来，只知道它把一切污染都滤净了，再来拂拭人的烦恼。

有人轻轻地解下我的重担再拍拍我的肩膀，有人数我的头发表示他的关切，风是一种流汁食物，有人温柔地送进我的喉管，补足我快要耗尽的精神。没有人，只有风。

有一个“二十一”俱乐部在这里聚餐，时贤二十一人，每月二十一日找一个地方畅谈风月，有时到百丈红尘中寻美食，有时探幽寻胜，咀嚼蘑菇松子。就在他们讨论“欲饮琵琶马上催”为什么是“琵琶”而不是号角的时候，外面天色暗下来，仿佛天公要来提供一个答案。我看见花圃中木屑的颜色慢慢变红，有白色的菌伞悄悄伸出来，我看见柏油路变黑，玻璃窗蒙上一层雾。细雨下降，细到肉眼不能觉察，我顿时领悟：当年诗人不需要号角，犹如今天不需要雷霆闪电。

风好像停了，风送云来，任务告一段落。我一直弄不清楚：究竟是“好风自东来，微雨与之俱”？还是“微雨自东来，好风与之俱”？查过几次书，随后又忘记。不管五柳先生怎么说，这天在华苑实际的体验是：好风在前。

风停雨未歇，水中的浮萍几乎要透明，路灯幻化成一团光晕，汉白玉雕成的八仙，以每人一百米的距离立于巨松之下、喷水的鱼龙之旁迎宾，全身天光淋沐，那是雨水的反光。远山如洗？不然，远山只是换了一袭灰色长袍。

一位书法家打开他带来的画册，里面有一副对联，写的是："雨后静观山意态，风前闲看月精神。"这两句话恨不得当天挂在华苑的大厅里。

雨过，风又来了，清凉之中，沉甸甸增添几分诚恳。

风中有许多无声的讯息，大自然吸进污浊的空气，吐出清洁的空气，惭愧！咱们人类的行为竟然相反。云未散，夜色早临，景物模糊了，只有风实实在在。"风前闲看月精神"，我们是等不及了，随风归去，风景总是一次看不足也看不全。冬天，我巴望到华苑看雪，那将是何等景象！只怕大雪封山断路，良辰美景都锁在保险箱里。

夸父骨肉

中国神话里的巨人夸父，是因为追赶太阳而累死的。夸父有神力，很自负，他之所以失败，是因为太阳神坐马车。如果徒步赛跑，养尊处优的太阳神准是输家。

夸父是被马打败的，是被马车打败的，太阳神能赢，是因为他始终坐在马车上。人常被工具打败，原始常被文明打败，夸父死后，骨骼变成山岳，毛发变成森林，水分变成江河，它分解自己，回归自然，完全结束了战役。

从那时起，只要“斧头放在树根上”，树不久就会倒下。

鸟的历史就从夸父唱起，它们努力唱得婉转动听。

从那时起，再深的痛苦也得转化成美的形式，才有发表权。

有人警告，这山河森林终有一天再组成夸父，站起来遮住半天的太阳……

有一种艺术家

《玉观音》这部影片含有多方面的主题，例如爱情的坚贞不变是它的主题，民族意识和抗暴也是它的主题。换个角度看，它表现了艺术家与现实世界的隔阂。有一种艺术家精于艺事，但是完全不能应付现实生活，《玉观音》里的崔宁就做了这种艺术家的代表。

崔宁寄居郡王府，擅长碾玉。王府拟用玉观音一尊向皇后献寿，如果他能碾一尊面貌酷似皇后的观音，于人于己都有好处，可是他不曾，他碾出来的是郡公主的形象，是“自己心中的观音”。就一个艺术家而论，忠于自己的内在是天经地义；但是，就一个侯门的食客来说，这是极愚蠢的错误，他的错误不仅在“越级恋爱”，更将心中应该秘不示人的意念公然泄露。但是，艺术家意识及潜意识里面所藏的爱憎，无可避免地要在创作中化为艺术形象公开出现，除非他是冒牌，他不能控制也不应该控制。崔宁由此“得马”，然而“焉知非祸”。《玉观音》以此为起点，展开了一连串的冲突。

这样的艺术家在现实生活中是一个弱者，所以崔宁落荒而走，他获得一段甜蜜的婚姻生活。他在这一段日子里碾出许多精品，但是，他的“手艺”也暴露了他的行藏，引来王府的逋骑。倘若携爱人私奔以后崔宁从此不碾玉观音，或碾出来的偶像从此与郡公主的面貌神情截然无涉，岂不较为安全？他为什么不这样做呢？如果你明了这一种艺术家是何等人物，明白了“崔宁”象征什么，就不会产生这种问题。

王府悍仆将郡公主劫走，是崔宁被现实生活击败的第一个顶点，崔宁面对此一猝变，丝毫不能作为，只能以凄凉婉转的箫声与妻子诀别，这就是说，在现实生活中挫败了的他，只好退入艺术生活中去。当他吹箫时，有一个拉镜头漂亮之至，银幕上映现的是一堵墙，墙上一面小小的窗子，侧坐在窗前吹箫的崔宁，他的头部嵌在窗框里，恍如戴枷的囚徒，显出“崔宁的世界”至此是如何狭小；但箫声感人而动天，他仍然有他的庄严。

金兵的出现给剧情带来另外的高潮。金兵一路杀戮劫掠而来，全城的人俱已逃光，而崔宁仍在埋头碾玉，好像外界发生的事与他毫无关系，这表示，崔宁与现实生活的隔阂已经到了极为严重的程度。金兵统帅欣赏他的手艺，要他碾一座观音像献给狼主，普通玉匠将牢牢把握这个唯一能生存下去的机会，可是，代表某种艺术家的崔宁，他并不知道珍视这样的机会，他看不惯金兵的暴行，愤然将已碾成的观音像双目刺瞎。以前的崔宁是被动地受环境排斥，现在的崔宁是主动地与现实扞格；以前，他不知道观察现实环境，现在，他看清了环境而希望能闭目不见。他尝试从主观上逃避这个根本无法逃出的客观世界。“崔宁的世界”由缩小变为破碎。

残忍的金兵将崔宁刺聋、刺瞎、刺哑。失明、失聪、失音之后的崔宁，与现实完全隔绝，他已经没有外在的世界，可是，他仍保有内心的世界，这个世界，只要他一息尚存，任何人不能将之夺去。这内在的世界形之于外的，是那样凄凉的箫声，他一路吹箫奔向临安，描写长途跋涉的几个镜头十分动人。这个与现实完全脱离了的艺术家，却能以他的箫声，或者说以他的艺术，越过重重障碍进入别人内心的世界，甚至去构成别人内心的世界。他在临安定居下来的妻远远听见了箫声，再听寂然，别人笑她说："那是你心里面的声音。"是的，当日实际上并没有这声音，她的内心却一直有，当她内心有这声音时，她能锐敏地发现外面实际上也有。这种感应、这种共鸣，任何人也不能将之切断。

他奔向临安是为了爱情吗？当然。不过，这爱情表出在外的，乃是箫声与观音像。如果把崔宁当作艺术家看待，爱情只是他的普通生活，是他创作艺术品的材料及动力。崔宁与罗密欧的不同之处，即在纯真的爱情产生了纯真优美的艺术品，纯真优美的艺术品形象化了那纯真的爱情。他千辛万苦奔回临安，固然是对爱人实践约言，也是或更是春蚕找一个吐尽金丝的地方。他为什么回家之后什么也不做，只是急急忙忙碾玉？为什么他牢牢记得爱人的形神，却在重逢时无知无觉？为什么他的一切官能都退化，唯有碾玉的手艺历劫不磨、层楼更上？如果你能了解艺术家的真精神，这一切问题也不存在了。

崔宁仍然只会碾玉，不会解决现实生活，而且崔宁已近似愚騃，只知碾玉，不知有现实问题存在。他应付现实生活的能力降至冰点，艺术创造的能力却升至沸点，二者成反比发展，一如李后主或梵高。在艺术上完全成功了的崔宁，在现实生活中也同时彻底失败，他的太太不忍要儿子认他，对儿子说："他是妈妈的一个亲戚。"此情此景，你会为崔宁庆幸，庆幸他已聋已瞎已哑。他无视现实，他在十年后碾成的爱人像，与十年前完全一样。即使再过一百年，他仍能把爱人的形象碾成当初的模样。他认为，她在千年之后也不会变老。可是现实不能无视他。无论如何，

自然

一座山峰，两座山峰……数下去共有五座。这些山峰的形状圆而矮，多土壤，少起伏，中间的一座特别肥大，望上去，像一位肥胖和善的妇人，坐在地上，伸开她的臂膀。公路由远方铺过来，铺到她的指尖快要摸到的地方，转一个弯，绕着她。

她敞露胸膛，等着养育一些什么。她像一个妇人，一个盲妇。

有一条路，从她的臂弯里伸出来，接在公路转弯的地方。两者衔接的地方，一边是沥青，一边是黄土，有一道清楚的疆界。车轮从界上碾过去，离开公路，立刻颠簸起来，不久，林木茂密的影子，早稻金黄的光泽，小鸟愉快的歌声，都从车窗一拥而入。“哦！这就是大自然了！”

这位妇人，有永不衰竭的精力，她支持大片竹林，每片竹叶上都含着清香，那么多的竹枝合起来，足以把人熏透。竹叶随意交叉重叠，无论从哪个角度看，都能成为美丽的图案。她使香蕉铺开肥大的叶子，叶子底下露出结实的茎来，挂着一串沉重的果实，果实的下面，还垂着一种暗红色的附属物，使人联想到动物的生殖器。

这里那里，都有青草。来到草地上，你最好步行，走到哪里，哪里有蚱蜢跳，蝴蝶飞，又软又嫩的草，能像春风一般抚弄你。草地是昆虫的家，是牛羊的盛筵。不太远的地方，一头老牛在低着头享用午餐。乌鸦想在牛屁股上站会儿尝尝什么滋味，可是得不断地闪躲那蝇拂一般的牛尾巴。野鸟在家畜的臀部跳舞，它们都知道对方没有恶意。这里那里，一直到山顶上，都有密密层层的树林，看上去，树林给这妇人添了许多愁苦的皱纹，树林的颜色是一片一片的黑绿和一片一片的新绿相间，幼弱的一群和堪为栋梁的一群相依相傍，看上去，这个妇人真的拥抱着一个家族。

在这里有一根一根绿色的针浮在空气里。什么东西？幼年的蜻蜓。风吹动树枝，枝上的嫩芽脱离了母体，在空中盘旋不坠，原来是蜻蜓家中可爱的孩子。生命多么使人惊喜啊！蚱蜢常冲进房门伏在墙上，甲虫常撞得窗纱铮铮作响。沉重而有弹性的壁虎，常落在你打开的书本上。早晨，把洗脸水泼在地上，水分立刻被松软的泥土吸收。急于外出探险的蚯蚓，就从那布满小孔的土壤里，像箭一般射出来。

由山上流下来的浑浊的溪水，颜色像奶汁，它被引入水泥砌成的灌溉渠里。渠是笔直的，是狭窄的，注满了水的时候，衬着天光，凝成一根长长的玉尺，附近的植物的倒影，是玉尺的斑纹。到了一定的时候，稻子收割完了，稻田里注满了水，白云、飞鸟以及山的影子都落进田里，那才真的叫锦绣大地。

夜晚，微风从山的缺口处吹进来，使人凉爽。风，踏着丛竹的头顶进来，拂着香蕉林的衣襟进来，沿途捉弄马尾松和洋槐，可是没有声音。

由于地势较高的缘故，这里蚊虫很少，可以放心坐在走廊下乘凉。一些蛾类的飞虫，不断地向走廊中间的路灯猛扑，有时候简直把灯光完全遮断。它们从睡梦中醒来，看见灯光，动了追求光明的天性。抢先扑上来的，被灯泡的热度炙伤了翅膀，掉在地上，成了早起的鸟儿最欢迎的点心，后继者还是奋不顾身。“我们把走廊上的灯关了吧。免得飞虫来做无谓的牺牲。”关上灯，我们坐在黑暗里，让萤火虫来窥探。这种提着灯笼飞行的小虫不怕黑暗，它们有自己的光明。

在这廊上，我跟我的芳邻交换童年的故事，看见萤火虫，想起小时候一片袅袅云烟。有一年夏天，六岁或是七岁的时候，我差不多天天到野外去捉一些萤火虫来，装在玻璃瓶子里，装满了，送给一个比我年纪小的女孩，引她开心。她双手捧着那透明的牢狱，观察里面的囚徒。微弱的萤光从她手指缝里漏出来，从她的眼珠上反射回来。捉萤火虫很费工夫，我到野外去辛苦寻觅，她在家里，坐在门槛上等候。

芳邻听了，对我说："这里有很多萤火虫呢！这里！"她到屋子里取来手电筒。"我带你去看看。"

一路上嗅到水的香气，土壤的香气，树上浆液的香气。一路上冲断了蜘蛛刚刚拉起来的细网，踏碎很多蜗牛。绕过山麓，看见另一座山峰，在两峰之间的谷状地带，浮沉万点，全是萤火。它们有韵律地飞来飞去，好像被无声的音乐指挥着。即使是星空降下来，也没有这样灿烂。山麓向东北延伸，阻挡西来的微风，使这个愉快的舞会不致受到惊扰。高处的风只能偶然冲下来，那时虫儿们纷纷后退，形成一阵愉快的拥挤。事实马上证明这种拥挤是不必要的，它们又散开，布成了舞池。童年时代的我，曾经假设萤火虫是一种群居的族类，曾经梦想发现它的故乡，现在，这里就是了。

回来的路上，我手心对着手心，两掌覆合，满握都是小小的俘虏，它们从指缝间用闪光发出呼救的信号。真快，蜘蛛又把细网拦路挂好，蜗牛又在路上爬行。等到我们觉得脸皮发痒时，蛛丝已经被冲断了，等到我们听见脚下的响声时，蜗牛壳已经被踏碎了，这里是它们的世界，人类不过是鲁莽的闯入者。我真正觉得抱歉，可是仍然舍不得放开紧合的双手。回来以后，我终于把它们关进瓶子里，终于把瓶子放在她的手里，微弱的萤光终于从她的手缝间漏出来，从她的眼珠上反射回来。

闰中秋华苑看月

朋友提问："什么地方最宜赏月？"

赏月，早已沉淀了的习惯。大都会驱逐自然，骚扰诗兴，机声隆隆如雷，灯比星多，令人眼花缭乱。灯黑人寂的地方也有，但往往月未升起，贼先出现。已经有好多年拿电视屏幕当月看，连月饼也懒得去买。

可是，今年阴历有两个八月。今年的空气里浮着世纪末，胸中回荡着想当初。决定好好地看一眼世界。什么地方最宜赏月？我到纽约上州的"华苑"。华苑高爽空旷，占地七十英亩，有山有水，有森林花圃草坪，四周分布着赛马场、高尔夫球场、苹果园，还有个滑雪场。每年夏季，旅行团从四方来游憩，现在秋深了，正好，"游人去后我偏来"。

很不巧，这第一个八月，第一个中秋，连宵冷雨。

雨把热闹全赶进了华苑山庄室内，大厅里举行歌唱晚会，声动草木，晚餐自助，喜来登饭店的大师傅做出十七道美食。一时朵颐大快，人气蒸腾。可是密云遮月。无妨，今年闰八月，三十天后又是一个中秋，那才是真正的中秋，现在只是时间余积，时差还在填补。第一个中秋只是彩排，嫦娥拉上云幕，洒下标点，不许我们先睹为快。

闰中秋真好。天上有闰，人间的失落可以拾回，美丽可以再得。闰中秋我们重登华苑，这一晚纤云四卷，高速公路上月出东山，山林顶端一道银色的曲线，捧着一颗明珠。月刚刚从造物者的手中滚出，忽左忽右，时隐时现，似引导又似窥探。我说过（现在有很多人也这样说），美国的月亮不比中国的月亮圆，但是比中国的月亮大，我们平视初升的满月，吴刚的桂树、嫦娥的宫墙、玉兔的身影像放大后的陈年照片，一路上，地球和它的同胞兄弟遥遥相望，并肩竞走。

车到华苑，月正中天，光华扑面，近在眼前。

这月是另一个月，来时途中所见的月，是一个天真的公主，到了华苑中庭，月是一位华贵的皇后。她步下重阶，敞开庭院，纯净天身，四野透明，夺目中疑有裙裾摇曳，扫视众星，缓步前行。冷冷的空气像冰冻的香粽使人兴奋，天无二色，整座华苑就是广寒宫。

闰中秋，总算找到极好的看台。月神巡行，似有天使献花，她的四周出现虹一样的环。似有天使扫街开道，脚前的星赶快躲开，等她走过，从背后伸出头来。夜色如雪，化中夜为黎明。这时，月重新磨洗，月中没有玉兔桂树，没有火山坑洞，只有美，美走过去，落下来，草上霜华四溅。这是月的领地，美的容器，万古千秋，若有所待。月缓缓走来，人缓缓走去，从不停留，只是再来。

月缓缓走去。月下，高尔夫球场在失眠，苹果在捉迷藏，葡萄嬉笑，马场如一张宣纸等待落墨，西点军校排列着英雄梦，庄严寺檐角高耸指月为禅。无雪，滑雪胜地上先铺上一层幻觉。华苑有湖，月到湖心，天如水，水如天。湖面如镜，是放大了的团圆。微风拂过，水纹以扫描释放皎洁，水月似空似色，似有为似无为，似人间似天上。湖畔月下，不知此身是水是月,恍觉此世是水也是月。想起洗礼，受洗者应该来此静坐，浴月重生，圣灵定会像鸽子降下来，我们也想化鸽飞去。

中秋月是中国的特产，想问她何所闻而来，何所见而去。月不移民，只是观光，不，留下光。看月，天只有月，无云无星，天空没有裂痕（电线），没有补丁（高厦），没有谁对月喊口号示威（汽车飞机），没有谁强迫收费（乞丐强盗），也没有世俗脂粉挤弄眼（灯火）。看月的地方有水，有萍点缀，有松指引，有亭等候，有山环绕，有草坪陪衬。你来看月，月也一定看你。你将从月中看见一切美：正在拥有的美，业已失去的美，尚在幻想的美。一切如意，即使是死刑犯，也不会从月中看见刽子手。即使是破产者，也不会从月中看见债主。如果什么也不想，那就试试看，让月把你照成一团空明，不垢不净。

我微微喘息，原来享受境界也很累人。我思量高音如何持久，天使站在针尖上用什么姿势。高寒最处，冻僵了野豹。我流连风露，抖擞不去，像一个量小的人，不胜酒力，犹自贪杯。中秋月，睽违太久了，享乐的能力也是用进废退。也许应该多来几个人。也许该添一曲古琴，几首唐诗。人影，私语，与月俱沉，明晨与红枫紫檄相对，昨夜已成史话。好月太少，我们错过太多。从此阴阳合历，明年中秋再来。

夜夜心

这个人，且说这个人，他被革命党逐出家乡，他在断头台的机件偶尔故障的时候连夜逃走。

他想家。每逢黄历换了一本，他的怀乡病就沉重一分。

年复一年，他在倾盆大雨之夜在野外扑地顶礼，呼叫回家，他说请寸寸磔我，请把我的血管切成通心粉，请在我的生殖器上点火烧干我最后一滴脂肪。请敲打我焦黑的骨骼抑扬顿挫，我要回去。

年复一年，新黄历上印着地图和探亲须知，他在严冬之夜站在深雪里，因关节痛而流汗。他说不管沿途有多少车匪路霸，不管自来水里有多少大肠菌，不管土产的价格为你提高了多少倍，不管官员的笑脸多么像一张面具，我要回去。

年复一年，他不曾回去。左邻右舍回去了，新交旧知回去了，长官部下回去了，连在外面出生的子侄都回去走了一趟，只有他。

夜静无声，他听着自己不规则的心跳，自言自语：任他们说我忘本吧，任他们说我无情吧，由他们去笑去骂，我是不回去了。

河堤的历史

游客总是这样：他登上河堤，想象悲惨的水灾。

年轻的农人指着堤外一望平川对游客说，据说当年黄河改道，千门万户化为淤泥，幸亏有这道堤。当年父老筑堤也荡了多少产，伤了多少人，水是一寸寸地涨，有人累极了，也怕极了，索性往堤外的洪流中跳……

现在堤外长满了闪闪发光的禾苗，可是游客总是游客，他只能想象激湍用摩擦、拍打等种种办法检查这长长的土堤，寻找可以穿洞的地方。他想象他们站立的地方突然凹下去。

农人毕竟是农人，他望着堤外的农田，禾苗的光照在他脸上，使他十分英俊。泛滥后的土地特别肥沃，漫野庄稼长出来，漂亮得像个天堂。瞧瞧堤内的模样！哪能比得上！不读历史的人会认为堤内才是当年的灾区。

年轻的农人对游客说，也许不该筑堤。可怜他们舍生忘死地筑了这条堤。没有堤，不是也很好？

看插花

“花如解语还多事”，陆游的诗，名句。其实花解语，以花为哑巴聋子，那是人不了解花。

花有花语，待放时如停车借问，盛开时如延宾入座，欲谢时如互道珍重。夏日漫漫，冬夜沉沉，与花对座，如促膝密语。无声其实有声，仿佛巴山夜雨时。它的声音只有你听见，你的声音只有它听见，这是最理想的交谈。

聊斋故事，有花果然解语，她得先变成美女。解语果然多事，美女带来变数，快乐和烦恼孪生。一般经验，孩子在牙牙学语时期总是可爱的，慢慢长大，能够充分掌握语言，种种口舌是非由语言出，种种猜疑分歧由语言入，从这个角度去想象花解语，花岂不成了蜚短流长的媒介、结仇招怨的箭靶？所以有人说，“花如解语还多恨”。

不，花语并非人语，花没有人的生活，花语也就没有人语的那些内容。人若进入花语，自己的那一套语言没有用处，要从尘网中一跃而出，化入天上的秋云，山中的清泉，月光下的露珠，琴的余音，书法的留白。

这，有人称之为美感。

老妻插花，常常半夜静坐，对花凝望。她和花器对话，商量怎样选花材。她和花材对话，商量怎样造型。双方字斟句酌，直到彼此都欣然同意。这时，人是花的知己，花是人的知己。这一盆花实在是她和大自然共同经营。

对插花人而言，插花不是工作，插花就是赏花。人与大自然的亲密关系，不在多而在专，任你千山万水，人的眼睛是一"点"一"点"地看。注目一朵花，一如你走入万紫千红。"一花一天国"？老妻说一花一乐园，室中一盆花，就是乐园失而复得。

古人赏花，有时焚香，称为香赏；有时挂画，称为画赏；有时奏琴，称为乐赏。她说这些附加物都不需要，都是多余。花魂可怕，花神难近，都是干扰。赏花像爱情一样，不需要第三者。她只要有一杯好茶，可是往往忘记了喝。

她劝人认识人造花，她说花的生命在你心中，因此花无所谓真假。人造花的枝条更容易显示饱满的张力，有了张力，花姿如人，如瀑，如舞，如飞，如焰火。工厂仿制它的物性，欣赏者再赋予人性。这个过程很像是《创世记》里面说的上帝造人，先是尘土，后有灵气。

人造花是大自然某一年、某一棵、某一枝上开得最好的花朵之再生，是花之精品。今非昔比，人造花的材料和技术都巧夺天工了，逼真的程度一如古画古董之复制。复制品受轻视，因为它不再“唯一”，插花经过匠心组合，每一盆花都唯一，也就使每一朵人造花成为唯一。其实“独占”原是虚荣，收藏古董的人把两件相同的陶器买来，把其中一个摔碎，使他拥有世上仅有的一件，你喜欢这样的人吗？

平时看花圃里的花，总以为上天造花业已尽态极妍，人力无可增添，插花艺术一出，才看出自然花并未穷搜一切美的形状，插花专家经营上天未尽之美。也许仰观宇宙之大，俯察品类之盛，我们所见仍是示例，仍是样品，尚有千万“无可名状之形”，留给八大艺术的创作人。

插花除了用花以外，枯枝、老藤、石块、青苔都可拿来衬托主题，枝上有花壳虫、叶上有露珠也都造出来，惟妙惟肖。艺事彼此相通，没有一种真能绝缘独立，插花的构图造型可以借重抽象的画境，也可以呈现建筑或雕塑的趣味，其枝叶分布、线条流动，也仿佛书法音乐。这是一种业已成立的艺术，非瓶中随意插几枝鲜花所可比拟。欣赏者得其一，统其余，“此中有真意，欲辨已忘言”。

面具人间

所有的面具都是照着自然表情复制的，所以，微笑也可以是一张面具。

魔鬼给每个人一套面具，天使则给每个人一根绣花针。在世上，两人见了面，照例先用那个小得几乎看不见的尖针去轻轻地刺对方的脸皮，看他到底是不是戴着面具。

如果你发现对方戴着面具，你也要赶快把自己的面具戴好；反之（如果对方脸上并无面具），你要马上把自己的面具摘下来。

有时候，你看他一下子把面具拿下来，一会儿又急忙戴上，说不定片刻之后又匆匆换一个，双方互动，很有趣，也很有学问。

一个人，直到他归天的时候，天使才把那套面具和那根针“没收”。他在地上的日子，有时候也能够暂时把那攻防的装备搁置不用，那时候地上即是天国。

谁来造桥

在某个时代、某个国家，国王批准在某条河上造一座桥。石桥落成，大臣都说此桥由国王建造。

施工期间，大臣向民间征用了一百头驴子，把山区的石材运到工地来。于是革命家说，这桥其实是驴子造成的。

纽约市纪念地下铁完工八十周年，既没有抬出总统，也没有标榜劳苦大众，他们推出当年的工程师来承当此一荣誉。

国王加驴子并不能造出桥梁或铁路来，必须有工程师，工程师才是关键、才是灵魂。某国某处的大桥，一方面在桥头立碑留下国王的名字，另一方面又在宣传文献上写着驴子的数目，独独忘了工程师是谁。我们只好说他们错了。

这就是为什么我常常劝人立志去做工程师……

我的意思是，像工程师那样的人。

善泳者

他十岁的那一年，家中为了“究竟要不要他去学游泳”发生争论。他的父亲相信“艺多不压身”，游泳也是一门技术；他的母亲却说“善泳者死于水”，人学会了游泳就轻侮水，玩弄水，轻看了水，遭水的报复。双方都有格言作后盾。

十八岁，他变成了游泳比赛的选手。二十一岁，大水泛滥，冲垮了“家”，他全家躲在教堂的屋顶上，眼见尸体漂过去，家具漂过来。也看见在水中挣扎的人，近在咫尺，露出乞求的眼神。屋顶上的人只有他能游泳，他义不容辞地跳下去，拨开水中漂浮的蛇和粪便，一夜之间救出十八个亲邻。

后来，也许是他太累了，也许是他真的轻侮了水，他跳下去没能再游回来。

水退以后，那一带的年轻人兴起一阵学习游泳的热潮。他们说，不错，“善泳者死于水”，可是……

那是在救活十八个人之后。

最高之处

大师夹着琴往山上走，众弟子尾随，沿着山径迤逦而行。有几个弟子坐在山麓上议论老师究竟要做什么，他们说，进山出山只有这一条路，最聪明的办法是坐在这里等他回来。

老师登上一座山头，再登上一座更高的山头，每一座山头都有几个弟子留下，有人觉得体力不能支持，有人对孤高的处境感到恐惧。最后，老师转身四顾，只剩下他独自一人。

他对四面若有若无的世界看了一眼，盘腿坐下，古琴横放在膝上，调了弦。片刻间，伟大的乐章在心中形成，紧接着，在指下的弦上流露出来。山风浩浩，乐声刚刚离弦还没有进入耳朵，在半路就被山风包裹、飞快地运走，向着万有抖出去，山上的人谁也没听见，他自己也听不见。

那是一次无声的演奏。

可是风听见了，流泉听见了，岩石的每一个微粒、星的每一道光芒、云层的每一滴水珠都听见了。还有森林的每一条纹理、野蚕的每一根丝、山禽的每一根声带都保存了天籁，将来的音乐家再从大自然无尽的蕴藏里支领使用。

据说，没有人看见大师下山。

释放

画家提起画笔，望着画布，出神。

为什么有一种花要冒充鸟？也难为了它，费尽心机扮成羽毛光洁斗志昂扬的鸟头。它偷来鸟的形神，没偷到鸟的鸣声，无论如何还是一朵花，买鸟的人不会要它。

居然也有鸟要冒充花。孔雀开屏的时候充满自信，认为它就是花，而且是层层叠叠的花山花树。它偷来花瓣，没偷到花蕊，看花的人不来找它，来者仍是为了看鸟。

还有一种树要冒充蛇，指使它的枝丫刻意向蛇族归化。但无论怎样挣扎也是一些死蛇。

似乎每一种生物都想改变命运，冲破牢笼。而他，画家，是把每一种生物钉死在画布上，使它们永世不得轮回。画布其实是一座监狱，由他把花和鸟以及什么关进去。他厌恶这样的工作。

心一横，把各种颜料淋漓尽致地浇到画布上去，一罐红、一罐蓝，以及一罐又一罐什么。然后，他在画布的背面写下这幅画的名字："释放！"

微史

雨水捻成线，穿成帘，由看不见的高处垂下来，似乎上面有手提着。

雨丝无限长，上面的手看不见，下面有个钩子也看不见，可见的是中间一段温柔，它把树提高了，把花瓣挑开了，让人动心。

这样铺天盖地地布线，那看不见的手总是有所图的吧？既有手，必也有脸，脸上是怎样的表情呢？既有脸，必也有心，心中是什么念头呢？这样的大经营，目标一定是人，是人类，不会是为了几棵树、几朵花。

可是人，比花，比树，难对付得多。他知道，被提的感觉比被压的感觉好，他更知道，挂在钩子上的一定输给手中抓着线的。所以甘霖降过，满地都是断了的线、失效作废的钩。

钩子，无数钩子，事后在草丛中，落叶下，窃窃私语，泄了密；雪，暴露了饵；事后急忙用繁花遮盖。但是图书馆里有历史。

风雨，到十字路口一变，粗鲁无情。

花园走向我，我坐轮椅。所有的花认识我，因我先认识它们。

呼风唤雨，照例成就几棵树，几朵花。还有，图书馆里添几本书。

落日

我又看见那个又大又红又神奇的太阳了！它使我披着满身异彩。这不是旭辉，是落照，这天天气非常好，气象上的一切条件够使这颗晚年的太阳达到最圆熟的境界。千里迢迢，甚或万里迢迢，我急于向你报告这件小事，在别人看来一定认为可笑。我想起从前我们在一起攀着城垛看到的那些落日，强烈地希望和你共同印证一下。

不管你是否还记得，我在已逝岁月的虚无中，重新看见那敛尽锋芒的和善的太阳，卧在那无限绵长的地平线上。它的脸色渐渐变成暗红，它显然什么也不想说，什么也不想做，对什么也不想再照顾、再征服。“太阳死了！”，这是你说的，听了你的话，我立时想象它是一生阅尽繁华的老人躺在极宽大极平坦的床上安息。只见楼顶上、树梢上、遍野的草尖上、我俩的眼角上、衣襟上都染着霞光，好像是它赠予我们的遗产。和平与宽裕的感觉支配着我们，多少年来，在重温这份感觉时，我们不会与任何人发生口角。

我们看落日不只在城头，也在水边。记得吧，那个大池塘，水色是混浊的，可是这混浊的颜色好比玻璃片后面涂的水银，反而能更清楚地映出你的影子。我们在这里，互相看对方的及自己的影子，消磨过不少时间。我相信那池塘是一本我们自己不能保存的照片簿，可是冥冥中必有一种大力替我们保存起来。只要距离调整得好，落日的醉颜可以停留在池塘的中央，水面一丝涟漪没有，因此那张红红胖胖的脸上一点皱纹也没有。在水中央，夕阳是个快乐知足的醉翁，不是疲倦的灵魂，它在水里比在天上更实在，好像拿一粒石子投上去就可以听见它的声音。于是，我投石过去，“扑通”，太阳碎了，周遭都是流光碎影。起初，那鲜明的，强烈的诡奇变化着的色彩，使我们非常吃惊，好像你我的魂魄，都掺在里面调乱了。这感觉只有一次，只有那一次，终此一生，它不会再来。

常常陪你看落日，夜里做梦也见落日。有一次，我还在梦中作了四句赞美落日的“诗”，大人见了，斥为语气衰颓，告诉我看旭日将来才有出息。我们当时并没有遵从他们，后来分别离散，我看见旭日了。起初它和落日一样，除了颜色嫩些。可是不久，它就用苍白的利剑刺你。它的步态非常傲慢，它喜欢在人间制造叫嚣，上升的太阳只可加以利用，下沉的太阳才是欣赏的对象，你说可对？

就说今天的落日吧，它真有看头，我学了几十年作文，还不能把我的感觉明确地、生动地传达出来。不借助于文字，我相信你能自己创造出那形象。这里山多，地平线很短，太阳不是从地球后面下落，而是向山的背后隐没。它先被峰尖戳破，然后不得不从嵯岈乱石上滚下去。如果这是死亡，必定非常痛苦。在这里看落日得到的印象多半是如此，今天却例外，我的位置恰好能看见它装在两座山之间漏斗形的空隙处，而这空隙又铺满了温软的云。当它睡下去时，云的美丽可想而知，天堂向我露出漏斗形的一角。不久，这一切都变成灰烬了，跟我们从前精美的少年时代一般无迹可寻了，我非常感伤。我讨厌这种脆弱的感伤,不能自制的感伤。我领悟到了！古往今来，多少人当他们最心爱的人死亡，或最崇敬的偶像破碎，或最骄傲的阶层崩溃时，他们为什么誓以身殉，那滋味太难受、太难受呀！

我到过好几个海港，在每个海港上都能看见落日，不论这港口是在岛上哪一方。当我发现这个事实的时候内心非常惊奇。接着我在这失去做梦能力的年龄又生出一个梦想：住在港口，好天气看太阳下海，看它随着海波荡漾，它没有溶化，也不是沉没，它最后随流漂去。

据说太阳是不会死的，也许我们童年时期的太阳，又在苍生之上经过，照见我也照见你。也许我能把这封信拴在这颗大气球上，由它带到你的眼前。

她是一个好爱人、好妻子，可是她现在要做好妈妈。她爱他、敬他、了解他，但是，她禁止儿子放下书本去玩捏泥塑，不要儿子学他像他。她希望他这位“一代完人”到此为止。西谚说：“人人向美德鞠躬，然后走开。”普通人对这种艺术家的态度亦复如此。不知道你会不会为这样的崔宁流涕，我会。

崔宁完成观音的头像，力尽而死，他捧像坐化，状如犹生。这时，他的妻子对幼子说：“这是你爹。跪下,喊爹。”孩子立即照办。崔宁业已“永远睡了”，可是观众反而移开了心头的重压，我们最珍视的伦理观念，在一声“爹爹”中光大。崔宁已无理由再活下去，倘若“妈的这个亲戚”又活了二十年，又碾出两百座观音像，情何以堪？他必须很不幸，必须在大不幸中才可彰显优点。世上却有这么一种艺术家。